Die Autorin schildert Erfahrungen und Erlebnisse auf ihrem Lebensweg unter Berücksichtigung von Körper, Geist, und Seele. Körperlicher Schmerz wird als Ausdruck eines seelischen Schmerzes gesehen. Dabei beruft sie sich auf Visionen früherer Leben, Erlebnisse mit Tieren und den Heilungserfahrungen auf ihren Reisen nach Mexiko, Brasilien, Bali und in Europa.

Bibliografische Information der Deutschen Nationalbibliothek

Die Deutsche Nationalbibliothek verzeichnet diese Publikation in der Deutschen Nationalbibliografie, detaillierte bibliografische Daten sind im Internet über http://dnbdnb.de abrufbar.

Herstellung und Verlag:

BoD – Books on Demand, Norderstedt

ISBN:9783744852302

Eske Focken

Muster eines Weges

Inhaltsverzeichnis

Die Spinne: Angst vor dem Leben

Die Pferde: die Kraft

Die Schildkröte: die Erdung

Die Libelle: die Täuschung

Einleitung

Der kleine Schwan flog auf der Suche nach der Zukunft durch die Traumzeit. Einen Augenblick lang ruhte er in der Kühle des Teiches aus und schaute nach einem Eingang in die Zukunft. Der Schwan war verwirrt, weil er wusste, dass er nur ganz zufällig in die Traumzeit hineingeraten war. Es war sein erster Flug ohne die Eltern, und die Landschaft der Traumzeit beunruhigte ihn etwas.

Ich war noch sehr jung, als ich das erste Mal das Gefühl hatte, dass ich nur aus Versehen auf der Erde war, dass mein Heimatplanet eigentlich der Sirius war. Als ich etwa sechs Jahre alt war, starb mein zweiter Bruder und vieles änderte sich, meine Eltern starben „innerlich". Es war bereits der zweite Sohn, der durch einen Unfall ums Leben gekommen war. So blieb ich, zumindest innerlich, allein.Es war in der Tat verständlich, dass mein Vater, von dem ich mich bis dahin sehr geliebt gefühlt hatte, auf einmal so abweisend wurde. Aus der Überzeugung, dass ich ja von Sirius (B) stammte, wurde in meiner Verwirrung eine Strafe – *ich war zur Strafe auf die Erde gekommen, ich musste hier meine Strafe absitzen.* Jahre lang fragte ich mich, was ich denn bloß verbrochen hätte, dass ich auf dieses Erden-Gefängnis verbannt worden war.

Aus der Psychologie erfuhr ich später, dass es normal sei, dass ein Geschwister sich schuldig fühlt, wenn ein Geschwister stirbt oder die Eltern sich scheiden lassen.

Hoch über dem heiligen Berg sah er das größte wirbelnde schwarze Loch, das er jemals gesehen hatte. Die Libelle flog gerade vorbei, so dass der Schwan sie fragen konnte, was es mit dem schwarzen Loch auf sich habe. Die Libelle sagte: „Schwan, das ist die Tür zu den anderen Ebenen der Vorstellung. Ich war über viele Monate Wächter der Illusion. Wenn du dort hinein willst, musst du um Erlaubnis fragen und dir das Recht dazu verdienen."

Der Schwan war sich nicht so sicher, ob er das schwarze Loch betreten wolle und fragte die Libelle, was man denn tun müsse, um sich das Recht dazu er-werben."Du musst bereit sein, alles, was dir die Zukunft bietet, so anzunehmen, wie es dir angeboten wird ohne den Plan des großen Geistes verändern zu wollen."

Es hat noch etwa vierzig Jahre gedauert, bis ich

diese Bedingung wirklich akzeptierte.

Der Schwan schaute auf seinen „Häßli-ches-Entlein-Körper" und antwortete. „Ich will mich gern den Plan des Großen Geistes fügen und nicht gegen die Strömung des schwarzen Lochs ankämpfen, Ich werde mich der Bewegung der Spirale überlassen und sehen, was mir gezeigt wird." Die Libelle war mit der Antwort sehr zufrieden und brachte den Zauber in Bewegung, der die Sinnestäuschungen des Teichs aufheben sollte. Der Schwan befand sich plötzlich mitten in einem Strudel.

Nach vielen Tagen erschien das ehemals hässliche Entlein wieder, aber nun war er wunderschön, weiß und mit einem langen Hals. Die Libelle staunte. „Schwan",rief sie aus, „was ist mit dir geschehen?" Der Schwan lächelte und sagte: „Libelle, ich habe gelernt, meinen Körper der Macht des großen Geistes auszuliefern und wurde dorthin mitgenommen, wo die Zukunft wohnt. Ich habe oben auf dem Berg viele Wunder gesehen und weil ich geglaubt habe und bereit war, anzunehmen, bin ich verwandelt worden Ich habe gelernt, den Zustand der Gnade anzunehmen." Die Libelle war sehr glücklich über den Schwan. Der Schwan berichtete der Libelle von den vielen

Wundern jenseits der Sinnestäuschung. Dadurch, dass er den Zustand der Gnade angenommen hatte, konnte er die Traumzeit betreten.

So ähnlich sollen wir lernen unseren Willen der Gnade und der Grazie des Rhythmus anzuvertrauen, der das Universum bewegt, um aus unseren Körpern in die Traumzeit hinüberzufahren.

Leider war die Libelle gerade anderweitig beschäftigt, als ich das erste Mal das schwarze Loch bewusst sah und so musste ich mir selbst mühsam erarbeiten, womit man das Recht erwirbt, den Eingang der Zukunft zu betreten. Hätte ich doch das schon früher gewusst....

Mit circa sechzig Jahren fuhr ich nach Indien, um mir aus der Akasha-Chronik lesen zu lassen. Mein bisheriges Leben wurde ziemlich genau beschrieben und so hatte ich wenig Mühe, auch die Deutung der Zukunft zu glauben. Nur durch Geburtsdatum und Name (der ja auch in Zahlen geschrieben werden kann) war mein ganzes Leben in groben Zügen vorhersehbar. Ich habe auch erfahren, durch welches äußere Ereignis ich mich entschloss, einen spirituellen Weg einzuschlagen, etwa im Alter von drei bis vier Jahren.

Es war ein mühsamer Weg. Die Jahre des Sisyphus, der immer wieder von vorne anfangen musste, des Prometheus, der den Menschen das Feuer brachte und dafür bestraft wurde, die Arbeiten des Herkules, die Büchse der Pandora, Ikarus, dessen Leichtsinn und Hochmut ihn zu Fall brachte, die Irrfahrten des Odysseus – alle sind sie mir gut bekannt. Psychologen nennen es Schlüsselerlebnisse, Jungianer Archetypen.

Es lohnt sich, Träume zu entschlüsseln, Ereignisse zu reflektieren, die Muster im Lebensweg aufzuspüren. Im vorliegenden Bericht beschreibe ich eine Reihe von Ereignissen aus meinem Leben, wie sie passiert sind. Die Muster wurden erst deutlich, nachdem ich mir während der Zeiten der Arbeitslosigkeit die Zeit nahm, meine Erlebnisse aufzuarbeiten, um dabei Muster und Wiederholungen zu erkennen. Ich begann mit Transzendentaler Meditation, beschäftigte mich mit Tarot-Karten und legte einer Reihe von Personen die Karten, lernte die Symbolkraft der indianischen Krafttiere kennen, verglich Symbole und ihre Deutungen, und den Wandel über verschiedene Zeitalter, deutete Träume, lernte über Archetypen, Feng-Shui, Numerologie, besuchte zahllose Kurse bei rituellen Lehrern, ließ mich von berühmten Heilern „kurieren", in Deutschland, der Schweiz, Indien,

Bali, Mexiko, und Brasilien.

Immer wenn ich anderen die Zukunft vorher-
sagte, jemandem zur Heilung verhalf, telepathische Experimente machte, oder verschiedene
Meditationen lernte und ausführte, kam ich der
Erkenntnis schrittweise näher. Als Naturwissen-
schaftlerin begann ich mit der Zeit auch in Natur
und Physik gewisse Ähnlichkeiten zu sehen.
Astrophysik war schon spannend, Quantenphysik
erklärte, was ich schon immer wusste: Alles ist
Energie, sich ständig wandelnd und in immer neu-
en Varianten sich zusammensetzend. Und das
können wir nutzen. Spock würde sagen: „Faszi-
nierend".

Buch I

Visionen (die Seele)

Vision I
Der Zauberlehrling

Ich habe immer gewusst, wann ein Traum eher eine Vision als ein Traum war. Und die Visionen kamen immer dann, wenn ich mich in einer Situation befand, in der ich zutiefst verzweifelt war und um eine Antwort bat. Manchmal aber kamen sie völlig unerwartet, und nicht immer erschloss sich die Bedeutung.

Gelegentlich erhalte ich auch in der materiellen Welt, sprich bei vollem Bewusstsein Antworten, wenn auch manchmal auf merkwürdig anmutende Weise.

Während des Studiums in Hamburg hatte ich mich an einer Universität in den USA, Duke University, um ein Stipendium beworben, um Parapsychologie zu studieren. Angeregt wurde der Gedanke durch einen Gastprofessor und eine Lesung eines US-Amerikanischen Dichters.

Ich hatte zu dem Zeitpunkt bereits einige Telepathie Experimente gemacht und mich mit „Hellsehen" beschäftigt. Wie so oft in meiner Gedankenwelt versunken, wollte ich nach der Vorlesung eigentlich nach Hause, ging also zur Busstation. Prompt fand ich mich im Bus in der falschen Richtung, nämlich stadteinwärts, wieder. Völlig verwirrt fragte ich mich, was das denn nun sollte und wollte an der nächsten Haltestelle aussteigen, um umzukehren. Wie unter Zwang gelang mir dies jedoch nicht. An der nächsten Station gelang es mir wieder nicht. Nun, ich fügte mich und sagte mir, das müsse wohl einen Sinn haben, mal sehen wo mich das hinführt. Einige Stationen weiter, mitten in der Innenstadt, gelang es mir endlich auszusteigen. Ich hatte keine Ahnung, wo ich mich befand. Etwas drängte mich jedoch weiter zugehen. Obwohl ich noch nie dort gewesen war, wusste ich plötzlich, dass ich jetzt in diese Straße einbiegen musste. Ich landete vor einem Bücher Antiquariat. „Ich will doch jetzt gar kein Buch kaufen!" Dennoch musste ich hineingehen. Ein alter Herr saß hinter einem Tresen, im Raum selbst war es schummrig. Die Decken waren sehr hoch, wie in alten Gebäuden üblich. Alle Wände waren bis an die Decke gefüllt mit Regalen voller Bücher, schier eine unendliche Menge. Im vorderen Verkaufsraum waren die neueren Ausgaben, nach Themen sortiert.

Der alte Herr sah mich an, als ich sagte: „ich weiß eigentlich gar nicht, was ich hier soll." „Na, dann gehen Sie mal hinten, vielleicht finden Sie da, was Sie suchen." Erinnert mich sehr an Michael Ende: Die unendliche Geschichte. Im hinteren Raum war kaum Platz sich zu bewegen, Bücher über Bücher, bis ganz oben an die Decke. Ich stehe also da und hole willkürlich ein Buch aus dem Regal. In Gedanken aber bei meinem Antrag und wie ich ihn formulieren soll, kam ich plötzlich auf Telekinese. Aus dem obersten Regal, etwa drei Meter über mir, bewegt sich ein Buch und fällt mir, auf einer bestimmten Seite aufgeschlagen, in die geöffneten Hände.Es stellte sich heraus, dass es Elena Blavatski's Geheimlehre war. Einerseits verwundert , andererseits auch wieder nicht, begann ich zu lesen. Das war genau die Antwort auf meine Fragen, mit denen ich mich schon eine Weile beschäftigt hatte. Ich nahm es und ging nach vorne um zu bezahlen.Der Verkäufer sah mir wohl an, dass ich quasi in Trance war, fragte mich, ob ich gefunden hätte, was ich suchte. „Das Buch ist mir von oben in die Hände gefallen." „Dann wird es wohl das Richtige sein." Problemlos fand ich den Bus nach Hause.

Vision II
Verkehrte Welt

Ich muss noch sehr klein gewesen sein, als ich eines Nachts aufwachte und fest-stellte, dass ich zwar von meinem Zimmer geträumt hatte, aber alles war seitenverkehrt, oben und unten waren vertauscht.

Es kam mir, noch nicht richtig wach, der Gedanke, dass auf meiner Heimatwelt ja auch alles anders war, diese Welt sozusagen ein Zerrspiegel meiner eigenen Welt darstellt. Die dortigen Lebewesen waren alle liebevoll und nur gelegentlich gab es einen „Bösen". Alles war lieblicher, es gab keine Lügen, keine bösartigen Intrigen usw. Viele Jahre später fiel mir ein Buch auf: „Sirius". Der Traum fiel mir im selben Moment wieder ein und ich wusste mit absoluter Sicherheit, dass ich von dort stamme. Meine Schwester stammt übrigens von Andromeda. Mittlerweile kenne ich einige Menschen von Aldebaran, auch Reptiloide sind mir nicht fremd. Star Wars hat durchaus reale Erkenntnisse zur Grundlage. So viel zu Außerirdischen. Dass es in diesem fast unendlich großen Universum als einzige belebte Wesen nur den Menschen geben sollte, fand ich noch nie logisch. Leben findet sich überall, ob in rauchenden Schloten in der Tiefsee, oder im Eis der Antarktis. Wir beginnen gerade erst zu entdecken, wo auf der Erde Leben ist. Was wissen wir über Lebewesen auf anderen Planeten ? Und warum sollten alle humanoid sein? Und warum sollten sie unsere Technik benutzen, wenn auch vielleicht fortschrittlichere als unsere?

In Indien, beim Lesen der Akasha-Chronik, sagte man mir, ich hätte noch ein Leben als Zen-Meister in Japan vor mir und würde dann das irdische System verlassen. Völlig spontan rief ich aus: „Au fein, dann kann ich endlich wieder nach Hause, nach Sirius". Die Chronik-Leser waren nur leicht überrascht, wenn auch eher darüber, dass ich dies wusste. Ich registrierte nur am Rande, dass sich Leser, Übersetzer und Reiseleiter, der das englische wieder ins Deutsche übersetzte, Blicke zuwarfen.

Die Dogon, ein Stamm in Afrika, wissen sehr viel über Sirius, insbesondere über Sirius B, dem dunklen, kleineren Planeten in diesem Sternensystem. Als eine anthropologische Forschergruppe dies in den dreißiger Jahren des letzten Jahrhunderts entdeckte, war dies ein völliges Rätsel, man glaubte ihnen nicht. Es ist bis heute nicht wissenschaftlich zu erklären, woher sie so viel darüber wissen, wir haben diesen dunklen Planeten erst in den letzten dreißig Jahren entdeckt.

Im jetzigen realen Leben hat man mich in der Kindheit, zu dem Zeitpunkt, wo es sich entscheidet, ob man Rechtshänder oder Linkshänder wird, also mit etwa acht Jahren, auf rechts trainiert, obwohl ich ebenso gut vieles mit links machte. In England, wo es viele Linkshänder gibt, hat man meine Eltern darauf aufmerksam gemacht. Sie wollten jedoch nicht, dass ich mit links schreibe, da es in Deutschland zu der Zeit noch als anormal galt. Als ich mir mit dreiundsechzig das rechte Handgelenk brach, konnte ich fast alles ebenso gut mit links machen.

Kinesiologen haben manchmal an ihren Fähigkeiten gezweifelt, da die Umpolung immer falsche Ergebnisse brachte. Erst wenn ich darauf hinwies, dass ich linkslastig war, also umgepolt, stimmte es wieder. Auf einer esoterischen Messe sollte ich einmal an einer Dame aus dem Publikum vorführen, wie das funktioniert. Vielen aus dem Publikum war es nicht bekannt, dass es ein

solches Phänomen gibt, selbst jenen, die kinesiologische Heilung anboten!

Vision III
Der Gladiator

Wir lebten damals in England, ich war etwa neun Jahre alt. Wir besaßen damals einen der ersten Fernseher, noch in schwarz-weiß. Mit meinem Vater habe ich mir manchmal Ben Hur und andere historische Filme aus der Römerzeit angesehen. An bestimmten Stellen rief ich dann: „So war das ja gar nicht, die Kleidung stimmt auch nicht." Mein Vater mag sich gewundert haben, aber aus späteren Aussagen, habe ich den Eindruck, dass es ihn gar nicht so sehr wunderte

Einmal gab es einen Film über Kaiser Nero, ich brach in Tränen aus. Niemand, mich selbst eingeschlossen, konnte sich das erklären. Ich sei wohl ein bisschen zu phantasiebegabt und verstünde nicht, dass dies nur eine Fiktion sei.

Eines Nachts wachte ich nach einem Albtraum auf. Ich erinnerte mich, dass ich im Traum, der sich lebensecht angefühlt hatte, von zwei Löwen in den Hintern gebissen und dann wohl aufgefressen worden war. Alles, was ich tun konnte, war, mich mit dem Rücken dicht an die Wand zu legen, die Bettdecke dazwischen. Dieses Verhalten zog sich über einige Wochen hin. Ich hatte abends Angst beim Einschlafen, aber mit der Decke im Rücken und dicht an der Wand fühlte ich mich einigermaßen sicher. Immer wieder beschwor ich die Löwen, mir doch bitte nichts zu tun. Irgendwann scheuchte ich sie weg, sie sollten dahingehen, wo sie herkamen.

Sogar auf der Toilette fühlte ich mich nicht sicher, ständig bedrohten mich Lanzen aus der Kloschüssel. Dies war darauf zurückzuführen, dass ich die Löwen verscheuchte, und stattdessen etwas anderes wollte. Das Bild hatte sich geändert, die Emotionen dahinter nicht.

Während des Studiums tauchte dieser Traum immer mal wieder in meinem Wachbewusstsein auf. Ich konnte mir noch immer keinen Reim darauf machen. Wie so oft scheinbar zufällig, erzählte ich einer Kommilitonin davon. Sie empfahl mir ein schwedisches Ehepaar, die Rückführungen machten. Ich erinnere mich, dass es mir zu dieser Zeit nicht gut ging, ohne dass ich einen nachvollziehbaren Grund hätte nennen können.

Trotz Geldmangels ließ ich mir einen Termin geben. Als ich dort ankam, öffnete mir ein recht großer und schwerer, muskelbepackter Mann die Tür. Im selben Moment hatten wir beide den Eindruck, dass wir uns schon sehr lange kennen. Einen kurzen Augenblick tauchten wir beide in einen anderen Bewusstseinszustand. Eine Welle großer Liebe hüllte mich ein. Er fühlte sich so vertraut an, ich spürte seine Wertschätzung meiner Person.

Er bat mich herein, ich setzte mich an den Tisch. Seine Frau saß etwas abseits, mit dem Rücken zu uns, ebenfalls an einem kleinen Tisch, auf dem sich einige Ritualgegenstände befanden, er hatte lediglich ein Pendel vor sich.

Er fragte mich, weshalb ich gekommen sei, ich solle das erste sagen, was mir einfiele. Ich erzählte von dem Traum mit den Löwen. Er versetzte mich in eine leichte Trance und begann zu pendeln. Ich sah wieder die Löwen, unscharf eine Arena, Kämpfe und sah mich fallen. Beide pendelten und pendelten und pendelten.

Endlich holte er mich aus der Trance, bot mir ein Glas Wasser an. Doch zuvor solle ich mir einen großen starken Mann vorstellen. Dann sollte ich ihn verbrennen, so dass nur ein Häuflein Asche zurückbliebe. Diesen pustete er dann weg. Er gab mir einen gehäuften Teelöffel Salz, bat mich, dies aus der Hand zu schlecken. Brrrr. Als ich wieder vollkommen im Tagesbewusstsein war, fragte er mich, ob ich wissen wolle, was er gesehen habe. Natürlich wollte ich das.

Hier also die Geschichte:

Du warst als Gladiator in Rom, zur Zeit Kaiser Neros. Da du einer der Besten warst, hattest du dir einige Privilegien erarbeitet durch deine vielen Siege. Beim Volk warst du recht beliebt. Der Kaiser war es jedoch leid, dass du immer siegtest.

Er hatte erfahren (Verrat taucht immer wieder in meinen Rückführungen auf), dass du ein heimlicher Christ warst und eine Frau hattest. Als wieder ein Kampf anstand, hast du dir ausgebeten, dass für jeden deiner Siege eine Gruppe von Christen freigelassen wird.

Da du aber jeden Gegner besiegt hast, wurde es ihm zu dumm. Er befahl, die Löwen in die Arena zu lassen. Diese hatten seit Tagen nichts zu fressen bekommen. Während der Kämpfe warst du immer in Sichtweite der Gruppe von Christen, die anschließend freigelassen wurden. Dieses Mal je-

doch stand deine Frau ganz vorne in der Gruppe. Du warst so schockiert, außerdem bereits ziemlich erschöpft, so dass du unaufmerksam wurdest. Hinter deinem Rücken ließ man die Löwen in die Arena. Sie waren so ausgehungert, dass sie sich sofort auf dich stürzten. Du bist gestolpert und wurdest gefressen.

Er habe ein Ritual gemacht, um meine Seele zu erlösen. Dann erzählte seine Frau:

Ich habe dich in der Arena gesehen, wie du gekämpft hast, du wolltest so viele Christen retten wie möglich. Dass deine (heimliche) Frau in einer der Gruppen war, hat dich vollends schockiert. Als du starbst, hast du einen Teil dieser Seele in jedes nachfolgende Leben mitgenommen. Das ist nun vorbei. Aber auch die Löwen wollten dir eigentlich nichts tun, aber sie waren so ausgehungert, und man hatte ihren Appetit zusätzlich mit kleinen Brocken Menschenfleisch angeregt, dass sie ihrem Jagdinstinkt folgen mussten. Es tut ihnen leid. Ich habe auch ihre Seelen befreit, nun ist die Geschichte ausgestanden.

Eine kleine Weile hat mich dieses Erlebnis gedanklich noch beschäftigt, aber es ging mir zusehends besser. Die beiden konnten nichts von meinem Traum wissen, der hatte fünfzehn Jahre zuvor stattgefunden. Ich hatte ihnen lediglich die Information gegeben, dass mich zwei Löwen in den Hintern bissen.

Vision IV
Der geblendete Sklave

Es hat immer mal wieder Zeiten gegeben, in denen ich spirituell aktiv und danach längere Zeit mit dem realen Leben beschäftigt war. Die Zeit verlief nie gleichmäßig. Nachdem sich eine Zeitlang die Ereignisse in meinem Leben überstürzten, gab es lange Phasen der Ereignislosigkeit. Irgendwann fand ich heraus, dass dies in einem gewissen Rhythmus geschah. Die spirituellen Zeiten dauerten jeweils etwa eineinhalb Jahre, dann hatte ich wieder eine Weile Zeit, mich mit weltlichen Dingen zu befassen. Als eine Zeit der sich überstürzenden Ereignisse mich schließlich überforderte, bat ich im Stillen um eine Phase der Ruhe. Diese trat auch prompt ein. Als ich dann eine Weile Ruhe hatte, bat ich wieder um etwas mehr action und so kam es denn auch.

In einer dieser ruhigeren Perioden träumte ich wieder von einem vergangenen Leben. Ich war Sklave in den Südstaaten, zu der Zeit, als man diese, wenn sie flüchteten, mit Hunden und einem großen Aufgebot an Männern wieder einfing und schwer bestrafte.

Ich war geflüchtet vor den Grausamkeiten der Sklaverei. Als kräftiger Farbiger hatte ich gelegentlich den einen oder anderen Auftrag außerhalb der Farm zu erledigen. Eine solche Gelegenheit hatte ich wahrgenommen. Ich war schon ziemlich weit entfernt, als ich die Hunde und die Männer hörte. Ich versteckte mich in einem Gebüsch. Ich wusste sehr wohl, was mich erwartet, wenn man mich einfing. So kam es, dass sie mich entdeckten und zurückbrachten. Ich wurde geblendet. In meinem Traum wachte ich von dem schrecklichen Schmerz auf. Meine Haut brannte und roch versengt. Man hatte eine Lanze im Feuer erhitzt und mir in die Augen gepresst.

Jahre später las ich einen Roman, in dem dies tatsächlich beschrieben wurde. Doch mein Traum hatte schon lange vorher stattgefunden. Zur Zeit des Traums hatte ich eine Zeitlang Probleme mit den Augen. Das besserte sich erst, nachdem ich mir den Traum in Erinnerung rief und den Sklaven gedanklich erlöste.

Beim Lesen der Akasha-Chronik sagte mir einer der Priester, der die Übersetzung machte, in einem Nachsatz: „Lass dich nicht an den Augen operieren! Das geht schief und dann bist du blind."

Vision V
Sila und Atlan

Inzwischen hatte ich einen Arbeitsplatz in einer Behörde. Und hatte viel Zeit. Ich übersetzte deutsche software-Texte ins Englische und erklärte englische Texte. Daneben fand ich jedoch Zeit, einen Roman zu schreiben, dessen Thema auf einer Vision basierte. Nach Beendigung und häufigerem Lesen stellte ich fest, dass das, was ich geschrieben hatte, auch eine Auseinandersetzung mit meinem Vater und meinem Lebensgefährten war.

Seit meinem dreizehnten Lebensjahr schreibe ich Tagebuch, um meine Erfahrungen und Ereignisse zu verarbeiten.

Dies ist die Kurzfassung dieses Romans:

Sila war Anwärterin zur Hohepriesterin in Atlantis, noch sehr jung. Als Kleinkind hatte man sie bereits in den Tempel von Atlantis gegeben, als überflüssige Tochter war das üblich. Es war aber auch ihr eigener Wunsch gewesen. Man setzte große Hoffnungen auf sie, bisher hatte sie sich gut gemacht und alle Prüfungen auf dem Weg be-

standen. Doch nun sollte die letzte Prüfung vor der Einweihung stattfinden. Sie würde in einen Sarg gesperrt werden und musste durch die Dunkelheit, nur mit geistiger Kraft, drei Tage und Nächte ausharren, um wieder ans Licht zu gelangen.

Solche Rituale, am Übergang zwischen Kind und Erwachsenem, werden noch heute praktiziert, wenngleich in anderer Form. Die Tibeter z.B. lassen sich eine Nacht in eisiger Kälte auf einer Eisscholle nieder, bekleidet nur mit einem leichten Baumwolltuch. Sie müssen so viel innere Hitze erzeugen, dass sie die Nacht unbeschadet überstehen. Ein meditierender Mönch hat einmal so viel Hitze durch seine Gedanken erzeugt, dass das Eis unter ihm schmolz. Bei einigen Schamanenstämmen ist es üblich, sich an eisernen Fleischhaken aufzuhängen. Im Gegensatz zu den christlichen Gepflogenheiten, sich zu peitschen, um die Schmerzen Christi nach zu empfinden, geht es hierbei eher um Bewusstseinserweiterung und nicht um Selbstquälerei.

In Indien stößt man sich Nadeln oder Spieße durch die Wangen. Auf Bali ist es üblich, einem Jungen ohne Betäubung die vorderen Schneidezähne spitz zu zu feilen. Indianer mussten als

Mannbarkeitsritus drei Tage allein in die Wildnis ziehen, um ihr Krafttier zu finden. Wir feiern den Beginn des erwachsenen-Lebens mit Konfirmation oder Kommunion, wobei das heute oft lediglich nur noch eine Tradition ist, fast jeglichen Sinnes beraubt.

Am Tag zuvor, der eigentlich der inneren Sammlung und Vorbereitung dienen sollte, stand Sila oben auf der Pyramide und schaute noch einmal in die Stadt hinunter. Ein Kaleidoskop an Farben und Gerüchen und Geräuschen, Geschrei und Gerenne. Sie nahm diese Geschäftigkeit mit inzwischen hoch verfeinerten Sinnen auf. Nach der Einweihung würde sie ausschließlich Dienst im Tempel tun und so genoss sie, vermeintlich ein letztes Mal, das bunte Treiben. Plötzlich begann ihr Herz zu klopfen. Sie gewahrte einen Mann in der Menge, der zu ihr aufsah. Ein Traum von einem Mann. Athletisch gebaut, groß gewachsen, ein attraktives Gesicht, Muskeln wie Baumstämme. Sie verliebte sich augenblicklich. Sie stieg die Stufen der Pyramide hinunter, wollte nur einmal diesem Mann nahe sein.

Diese Art der Begegnung ist mir noch öfters passiert. Als ich meinen Mann kennenlernte, stand er oben auf der Balustrade. Ich wollte gerade gehen, als mich sein Blick fesselte, es war wie ein starker Schlag in der Herzgegend. Als ich den Vater meines Sohnes kennenlernte, stand ich ebenso erstarrt vor ihm, bis er mich fragte, ob er hinein kommen dürfe. Als ich B. kennenlernte, mit dem mich fast zwanzig Jahre eine innige Beziehung verband, hatte ich das Gefühl, dass wir uns schon seit vielen Hundert Jahren kennen. Ich hatte sofort Bilder von Atlantis im Kopf.

Die Begegnung verlief zunächst harmlos, aber es war um ihre Seelenruhe geschehen. Als sie gegen Abend in den Sarg gelegt wurde, waren ihr Gedanken mit Phantasien über diesem Mann erfüllt. In der Dunkelheit dachte sie weniger an das eigentliche Ziel, als immer wieder an die Möglichkeiten des Zusammenseins, eine Familie zu gründen. Sie vergaß hierüber ihre geistigen Übungen zu machen und litt alsbald an einer milden Klaustrophobie.

Als sie endlich aus dem Sarg geholt wurde, war sie nicht in der Verfassung, in der sie hätte sein sollen. Anstatt ins Licht zu gehen, war sie in der Dunkelheit hängengeblieben. Eine spätere Ehe erwies sich als wenig an den Träumen orientiert.

Mit meiner Schwester habe ich mich nie gut

verstanden. Sie ist fünf Jahre älter als ich. Meine Mutter schürte gern die Rivalität. I. sei eifersüchtig auf meine langen Wimpern, auf meine schön gestalteten Waden. Sie dufte immer abwaschen, was ich auch gern getan hätte. Sie konnte nichts falsch machen, im Gegensatz zu mir, die ich alles falsch machte.

Da mich das Problem beschäftigte, ging ich einmal, ich muss in den dreißigern gewesen sein, zu einer Dame, die Rückführungen anbot. Ich wollte die Ursache wissen und womöglich durch ein Ritual die Fehde beenden. Sie war sehr gut. Ich sah mich in die Mitte des achtzehnten Jahrhunderts versetzt, in ein Dorf. Der Großbauer hätte mich gerne geheiratet. Ich war die Hebamme und Kräuterfrau des Dorfes und der näheren Umgebung. Meine Schwester aber wollte ihn heiraten, um ihren Stand in der Gemeinde zu verbessern. So neidete sie mir seine Aufmerksamkeit. Die Geschichte eskalierte. Schließlich wusste sie keinen anderen Ausweg mehr als mich als Hexe anzuzeigen. Nach endlosen Torturen wurde ich schließlich auf dem Scheiterhaufen verbrannt.

Mit einer Freundin ging ich irgendwann in das anthropologische Museum in Hamburg. Es fand eine Ausstellung über Hexen statt und sie wollte dort unbedingt hin, da sie sich selbst gern als Hexe sah. Obwohl ich starke Abwehrgefühle hatte, ließ ich mich überreden. In der Vorhalle wurde mir schwindlig, leichte Übelkeit überkam mich. S. War schon vorgegangen, so dass mir nichts anderes übrig blieb, als ihr zu folgen. Es waren allerlei Folterinstrumente ausgestellt. Als ich die Maulsperre sah, wurde mir so übel, dass ich das Museum verlassen musste. Ich fühlte genau, wie schmerzhaft es war, wenn einem der Kiefer auseinandergebrochen wird.

Eine andere Vision in Zusammenhang mit meiner Schwester kam, als ich wieder über unsere Unverträglichkeit spekulierte.

Ich sah uns beide als Priesterinnen in Atlantis. Ich sollte die Hohepriesterin werden. Ich war schwanger. Meine Tempelschwester wollte mir den Platz streitig machen, sie eigne sich doch viel besser, da ich mit dem Kind beschäftigt wäre und so keine Zeit für Tempelpflichten haben würde. Es ist ihr jedoch nicht gelungen, mich zu verdrängen, woraufhin sie sich wütend zurückzog.

Visionen laufen in einem anderen Zeitgefüge ab als unser tägliches Dasein. Sie mögen wenige Sekunden dauern, sind aber multidimensional. Zeit und Raum verschmelzen. In Visionen können Geschehen ablaufen, die Jahre in unserer Zeitrechnung in Anspruch nehmen würden. Es ist kein kontinuierliches Verstreichen der Zeit, sie macht Sprünge, vorwärts und rückwärts, ist nach unseren Maßstäben nicht immer chronologisch. Sie kann in wenigen Augenblicken viele Jahre umfassen. Wie es auch die Märchen von Menschen erzählen, die bei den Elfen oder Zwergen ein paar Tage verbringen, und wenn sie wieder unter Menschen sind, sind Jahre vergangen.

Vision VI

Der Mann mit den Koffern vor der Tür

Meinen Sohn habe ich alleinerziehend großgezogen (was für ein schreckliches Wort). Als hätte ich so lange an ihm gezogen, bis er die richtige Länge hatte.

Es war ein langer Abend gewesen. Zunächst hatten wir bei mir gefeiert. Leider kam keine richtige Stimmung auf und so zogen wir ins benachbarte Kneipenviertel. Eine lesbische Frau versuchte immer wieder Franz und mich zu verkuppeln. Als ich am nächsten Morgen aufwachte, war ich sehr glücklich. Ich hatte mir einen kleinen blonden Jungen, einen Engel, aus dem Himmel geholt.

Der Vater machte sich rechtzeitig aus dem Staub gemacht und blieb verschwunden. Trotz Nachforschungen konnten weder mein Sohn noch ich eine Spur finden.

Es hatte an der Tür geklingelt. Ein junger Mann stand vor der Tür mit mehreren Koffern Ich konnte jedoch nicht sehen, wer es war. Ich ließ ihn draußen stehen.

Die Pubertät meines Sohnes war für uns beide eine sehr schwierige Zeit. Als es mir einmal wirklich zu bunt wurde, habe ich ihm seine Koffer vor die Tür gestellt. Er sollte sehen, wie er alleine zurecht kam.

Zu der Vision hatte ich allerdings zunächst eine andere Idee.

Da ich als ledige Mutter arbeiten musste, gab ich meinen Sohn zu einer Tagesmutter, als er ca. sechs Monate alt war. Obwohl sie nicht an „so etwas" glaubte, bat I. mich eines Tages, ihr die Karten zu legen. Die Aussagen, die ich machte, waren so präzise, dass ein Umdenken ihrerseits stattfand. Bald darauf zog sie mit ihrem Mann und ihrem Sohn nach Süddeutschland. Wir blieben in Kontakt. Eines Tages schrieb sie mir einen Brief, dass sie sich von ihrem Mann trennen wollte. Ich schrieb erbost zurück, dass das wohl nicht die feine Art sei. Sie habe sich schließlich mit fünfzehn Jahren schwängern lassen, um dem Elternhaus zu entfliehen (ihre Mutter war wirklich keine gute Mutter). Er sei so anständig gewesen, sie zu heiraten. Er habe all die Jahre zu ihr gehalten, obwohl sie auch recht eigensinnig und schwierig sei. Nun, da sie andere Pläne hatte, Astrologie, wolle sie ihn abschieben. Jetzt sei er wohl nicht mehr gut genug für die „berühmte Astrologin". Mein Brief war eine Eingebung. Noch jahrelang habe ich mich dafür geschämt. Welches Recht hatte ich, ihr das zu sagen?

Etliche Jahre später, etwa um die Zeit des Traumes, klingelte es an meiner Tür. Sie stand davor, allein. Wir fielen uns um den Hals und sie flüsterte mir ein Wort ins Ohr: Danke!, drehte sich um und ließ ihren Mann aus dem Versteck kommen. Wir tranken Kaffee und erzählten uns so einiges. Ich war erleichtert. Endlich konnte ich das Schuldgefühl an der richtigen Stelle loswerden.

Einmal habe ich sie in ihrem Haus besucht. Ich legte für beide die Karten. Ein Ergebnis war meine Warnung vor dem Vermieter, der habe sie auf dem Kieker und wolle sie loswerden. Es kam lautstarker Protest. Für den Mann war damit bewiesen, dass Karten lesen Unsinn war. Sie verstünden sich sehr gut mit dem Vermieter und seiner Frau, sie tränken öfters Kaffee zusammen, unterhielten sich nett. Zwei Jahre später bestätigte sie mir, dass er „ein elender Lügner" sei, er habe ihnen die Wohnung fristlos gekündigt.

Wir haben uns noch einige Male getroffen. Als sie einen Abstecher nach Hamburg machte, um alte Freunde zu besuchen, schaute sie auch bei mir herein. Sie hatte eine neue esoterische Richtung gefunden und wollte mich dafür begeistern. Leider konnte ich mich nicht so recht dafür erwärmen, mir erschien es zu sektenhaft. Sie ist eine sehr dominante Person. Da schon der Grundkurs sehr teuer war und ich dafür nach Süddeutschland hätte reisen müssen, dankte ich der Vorsehung, dass ich finanziell dazu nicht in der Lage war. Zu diesem Zeitpunkt hatte ich noch nicht gelernt, Nein zu sagen. So war ich fein raus.

Es ist bis heute nicht klar, was diese Vision mit den Koffern für eine Bedeutung für mich hat. Ich bin viel gereist, häufig umgezogen, habe meinem Sohn die Koffer vor die Tür gestellt, habe gehofft, der Vater würde vielleicht auftauchen,...

Manchmal ist das so, dass Visionen, Träume und Ähnliches sich nicht oder erst sehr viel später erschließen lassen. Wer sie jedoch als Halluzinationen abstempelt, wird der Komplexität des Lebens aber auch nicht gerecht.

Vision VI

Sterntaler

Ein Bild, das mich bis heute begleitet, ist die Geschichte um Sterntaler, das kleine Mädchen, das, nur mit einem Hemd bekleidet, in der Nacht vor einem dunklen Himmel steht, und Sterne fallen in Form von Goldmünzen in ihr ausgebreitetes Hemd. Das erste Mal, als ich dieses Bild sah, besaß es eine starke Anziehungskraft. Ich muss noch sehr klein gewesen sein. Ich spürte eine Sehnsucht und eine Überzeugung, dass ihr Wunsch eines Tages doch erfüllt werden würde.

Im Laufe meines Lebens, wenn ich ein weiteres Mal zu verzweifeln drohte, tauchte das Bild wieder auf.

Besonders deutlich habe ich die Vision, denn solche inneren Bilder sind komplex, erlebt während der Ausbildung zur Hospiz-Helferin. Im Laufe eines Jahres, in dem wir mit einer Reihe von psychologischen Techniken bekannt gemacht wurden, machten wir einmal eine Übung, die das innere Kind betrifft. Wir sollten uns in einer

Meditation dieses, unseres, innere Kind vorstellen. Sehr schnell hatte ich ein Bild vor Augen: Sterntaler steht mitten in einer Sandwüste, weit und breit nichts und niemand.Verwirrung, Einsamkeit, die Frage, warum ich so allein war, ein Sehnen nach Geborgenheit, Sicherheit und wenigstens einem liebevollen Menschen in meiner Nähe überfiel mich, ich begann leise zu weinen. Die uns begleitende Psychologin meinte, wir sollten uns jetzt in die Arme nehmen, das Kind trösten. Das fiel mir nicht schwer, mein Mitleid war riesengroß. Je länger ich dieses Kind in den Armen hielt, desto besser fühlte ich mich.

Diese Übung habe ich öfters gemacht. Heute sitzt Sterntaler auf einer Blumenwiese, nur mit ihrem weißen Hemd bekleidet, schaut aufs Meer. Sie hat den Schoß voller Goldmünzen, die jedoch letztlich uninteressant sind. Der herrliche Duft, der von den Blumen ausgeht, der weiche Rasen unter ihr, das Gefühl der Verbundenheit mit allem, das Gezwitscher der Vögel, die Tiere, die neugierig und vertrauensvoll zu ihr kommen, lässt alles erstrahlen vor Liebe.

In Visionen ist man Beobachter und Beobachteter zugleich. Es ist wie im Kino. Eine Geschichte, die nichts persönliches hat und dennoch ist man mitten drin. Das ist gemeint, wenn die Buddhisten sagen, befreie dich von deinem Ego. Es ist keineswegs ein Verleugnen der Persönlichkeit gemeint, oder die Aufforderung altruistischem Handeln, sondern eher ein Anerkennen dessen, was man ist, sich aber nicht mit einer Idee oder einer Vorstellung von sich zu sehr zu identifizieren. Man kann diese Vorstellungen jederzeit ändern. So wie aus einem Zitronenverkäufer und Schuhputzer ein milliardenschwerer Reeder werden kann, so kann aus dem bitter armen, einsamen Kind in der Wüste ein glückliches Kind auf einer Blumenwiese werden.

Mein Vater hat einmal so nebenbei bemerkt, man sei nur Schauspieler auf der Bühne des Lebens, man müsse sich gelegentlich die Zeit nehmen, von der Bühne in den Zuschauerraum zu gehen und das Geschehen von dort beobachten. Man müsse zwar wieder auf die Bühne zurück, aber man höre auf, sich und die anderen allzu ernst zu nehmen. Wie hat Einstein so schön gesagt: Alles ist relativ. Wenn mich mal wieder die Verzweiflung packt, denke ich an diejenigen, denen es wirklich schlecht geht, Flüchtlinge, Kriegs- und Mordopfer, Hungernde und Kranke. Und die die Hoffnung auf bessere Zeiten verlassen hat.

Dann trete ich von der Bühne in den Zuschauerraum. Indem ich aufhöre, mich in meinem vermeintlichen Elend zu suhlen, erhalten viele Dinge wieder vernünftige Dimensionen. Und ich kann mich an die Lösung des Problems machen. Oder das Selbstmitleid beenden und neue Aufgaben in Angriff nehmen.

Buch II
Der Geist

Tiergeschichten

Tiere und Pflanzen werden oft als Symbol für bestimmte geistige Kräfte gesehen. So wie Ganeesha, der Mann mit dem Elefantenkopf im indischen Raum, als Schutzgeist für Haus und Hof gilt, da Elefanten sehr liebevolle fürsorgliche Mütter sind, einen ausgeprägten Familiensinn haben, ihre Sippe beschützen, stark sind, aber sehr leise auftreten, so hat man für die meisten anderen Tiere und Pflanzen ebenfalls Vergleiche gezogen. Am bekanntesten im europäischen Raum sind uns die Symbole der Indianer. Der Hinduismus hat Tausende Gestalten oder Gottheiten, die für jede denkbare Kraft stehen. Die Kelten haben insbesondere den Bäumen jeweils Eigenschaften zugeschrieben, die wir auch in uns Menschen erkennen.

Welche Kraft welchem Tier oder welcher Pflanze jeweils zugeschrieben wird, unterscheidet sich zuweilen in unterschiedlichen Kulturen, auch im Laufe der Jahrhunderte haben sich die Bedeutung der Symbole zuweilen stark verändert, gelegentlich ins Gegenteil verkehrt.

Der Teufel im christlichen Raum ist ein Symbol für das Böse schlechthin. Er ist eine merkwürdige

Mischung aus verschiedenen Elementen. Engel haben Flügel, eine Mischung aus Mensch und Vogel. Von den Ägyptern ist bekannt, dass sie ihre Menschen mit Tierköpfen versahen.

Der Drache ist im asiatischen Raum ein Glücksbringer, die Kelten kannten ihn als Hüter der Goldschätze, bei den Christen ist er auch ein Symbol für das Böse, das besiegt werden muss. St. Georg tötet den bösen Drachen, um die Jungfrau zu retten.

Die Symbolik, die ich meinen Tiergeschichten zu Grunde lege, ist intuitiver Natur. Sie ist Ausdruck dessen, wie ich sie selbst empfinde und folgen nicht unbedingt gängiger Interpretation. Gelegentlich mache ich Anleihe bei einer bestimmten Tradition, weil sie mir im Moment passend erschien, manchmal drücken sie lediglich eigene Vorstellungen aus

Tiere und Pflanzen werden oft als Symbol für bestimmte geistige Kräfte gesehen. So wie Ganeesha, der Mann mit dem Elefantenkopf im indischen Raum, als Schutzgeist für Haus und Hof gilt, da Elefanten sehr liebevolle fürsorgliche Mütter sind, einen ausgeprägten Familiensinn haben, ihre Sippe beschützen, stark sind, aber sehr leise auftreten, so hat man für die meisten anderen Tiere und Pflanzen ebenfalls Vergleiche gezogen. Am bekanntesten im europäischen Raum sind uns die Symbole der Indianer. Der Hinduismus hat Tausende Gestalten oder Gottheiten, die für jede denkbare Kraft stehen. Die Kelten haben insbesondere den Bäumen jeweils Eigenschaften zugeschrieben, die wir auch in uns Menschen erkennen.

Welche Kraft welchem Tier oder welcher Pflanze jeweils zugeschrieben wird, unterscheidet sich zuweilen in unterschiedlichen Kulturen, auch im Laufe der Jahrhunderte haben sich die Bedeutung der Symbole zuweilen stark verändert, gelegentlich ins Gegenteil verkehrt.

Der Teufel im christlichen Raum ist ein Symbol für das Böse schlechthin. Er ist eine merkwürdige Mischung aus verschiedenen Elementen. Engel haben Flügel, eine Mischung aus Mensch und Vogel. Von den Ägyptern ist bekannt, dass sie ihre Menschen mit Tierköpfen versahen.

Der Drache ist im asiatischen Raum ein Glücksbringer, die Kelten kannten ihn als Hüter der Goldschätze, bei den Christen ist er auch ein Symbol für das Böse, das besiegt werden muss.

St. Georg tötet den bösen Drachen, um die Jungfrau zu retten.

Die Symbolik, die ich meinen Tiergeschichten zu Grunde lege, ist intuitiver Natur. Sie ist Ausdruck dessen, wie ich sie selbst empfinde und folgen nicht unbedingt gängiger Interpretation. Gelegentlich mache ich Anleihe bei einer bestimmten Tradition, weil sie mir im Moment passend erscheint, manchmal drücken sie lediglich eigene Vorstellungen aus.

Der Kolibri

Nach indianischer Tradition gilt der Kolibri als Symbol der Freude. Er kann in jede beliebige Richtung fliegen und ernährt sich ausschließlich von Nektar. Er soll Liebe heraufbeschwören können. Seine Federn galten über Jahrhunderte als Liebeszauber.

Der Adler ist ein Symbol für die Verbindung zum großen Geist. Einerseits steigt er in den Himmel, hoch über allem, und hat so einen großen Überblick, andererseits sieht er auch aus großer Höhe noch die Maus oder das Kaninchen.

Vor langer, langer Zeit, als Märchen noch wahr waren und die Welt noch in Ordnung, gab es eine Nachtigall, die Gefallen an einem Adler fand: Wenn er so lieb zu seiner Mutter sein kann, dann wird er es sicher auch zu mir sein können, dachte die Nachtigall bei sich, als sie den hübschen Adler sah, der so große Pläne hatte: Er hat artige Manieren, einen feinen Humor, der bei seinen Artgenossen gut ankommt. Er ist gebildet und einfühlsam. Er ist stark, und so wird er mich und unsere Kinder gut beschützen können. Und er kann so gut fliegen, da sieht er was von der Welt und kann mir davon erzählen. Und die Nachtigall träumte von einem schönen Heim und Kindern, die sie lieb haben konnte.

Der Adler dachte bei sich: die Nachtigall singt so schöne Lieder, sie ist lieb und schüchtern, singt nur in den Morgenstunden, da wird sie mich tagsüber nicht stören. Sie hat Angst vor der großen Welt, da kann ich ihr Beschützer sein und mich als Helden sehen. Sie wird unseren Kindern eine gute Mutter sein. Bei meinen Eltern im Nest war ich das Jüngste und meine beiden Schwestern haben mich schier erdrückt mit ihrer Fürsorge. Mein Vater hatte seine Flügel verloren, so konnte er nicht mehr selber jagen, sondern musste sich an den Resten gütlich tun. Das wird mir nicht passieren, ich werde ein großer Jäger sein, ein großer starker Adler.

Doch leider brach alsbald ein Krieg aus unter den Vögeln. Der Adler musste hinaus und sein Revier verteidigen. Er litt gar schrecklich, denn es fehlte ihm der Wille, andere Vögel zu töten, und dass sie seine Feinde waren, glaubte er nicht. Und doch musste er hinaus.

Seine Reisen führten ihn tief in die Wälder Russlands, wo es gar kalt war. Zu essen gab es auch nichts. Er lebte in der ständigen Angst, nicht mehr nach Hause zu kommen.

Immer wieder wurde er angegriffen. Sein ehemals kräftiges Gefieder wurde immer spärlicher und andere Vögel setzen ihm arg zu. Diese Gewalt machte ihm Angst, so hatte er sich sein Leben nicht vorgestellt. Viel lieber hätte er sich den schönen Künsten zugewendet, denn er hatte großes Talent. Wenngleich sein Verstand ihm sagte, dass es notwendig war, so fand sein Herz keinen Gefallen am Krieg. Er sehnte sich nach Hause, zu seinem Sohn. Dieser sollte wie er selbst werden, ein stolzer kräftiger Adler.

Endlich durfte er ein bisschen Urlaub machen. Als er seinen Sohn das erste Mal sah, war er jedoch keineswegs überzeugt, dass aus diesem zarten, feinsinnigen Jungen einmal ein würdiger Nachfolger werden würde. Der zweite Sohn war da schon von robusterer Natur, ein Rabauke, der immer zu lustigen Scherzen aufgelegt war. Allerdings fand nicht jeder seine Scherze so lustig. Nahrung war knapp. Er fand es jedoch lustig, die Stile von der Kürbissen im Garten zu lösen. Die runden Bälle kullerten so schön den Hang hinunter!

Auch der längste Krieg ist irgendwann zu Ende. Der Adler hatte viel Leid gesehen und das machte ihn wütend. Er hatte keine Geduld mit Kindern, die nicht gehorchten.

Seine Frau pflegte weiterhin intensiv die Beziehung zu ihrer Mutter und das ärgerte ihn.

Jeden Tag musste er eine weite Strecke fliegen um Nahrung für seine Familie zu beschaffen. Doch er war recht fleißig und gescheit, so dass er bald größere Aufgaben in Angriff nahm.

Bei einer großen Feier im Kreise der Familie seiner Frau fiel, völlig unbemerkt von den Erwachsenen, sein jüngerer Sohn ins Wasser und konnte sich nicht mehr befreien. Erst am Ende des Tages, nachdem die Gäste aufgebrochen waren, fand ihn der Vater seiner Frau. Inzwischen war ihm auch ein Mädchen geboren worden, für das er meist nur mäßiges Interesse zeigte. Die Mädchen suchen sich später einen Mann und sind damit aus dem Nest.

Da der ältere Sohn so zart besaitet war, wollte der Vater unbedingt einen weiteren Sohn. Die Nachtigall war nicht gesund, sie hatte genug vom

Eierlegen, ausbrüten, dem ewigen Geschrei und dem Dreck.

Als das Ei unter großen Schwierigkeiten ausgebrütet war, erwies es sich als Mädchen. Monate lang bangte man um deren Gesundheit, denn es war sehr zart besaitet. Es entwickelte sich dennoch zu einem kleinen Sonnenschein mit schillerndem Gefieder mit einem langen Schnabel, das sich von Luft und Liebe zu ernähren schien. Es wuchs heran und wurde ein kecker kleiner Vogel, der seine Umgebung verzauberte. Dennoch war ihm die Mutter gram.

Dann passierte eine Katastrophe. Sein Sohn wollte allein in die Vogelschule. Und dabei verlor er sein Leben. Ein Elefant hatte ihn übersehen und ihn zertrampelt.

Nun machte sich die Dunkelheit breit. Der Kolibri litt gar arg unter seinen Eltern, die sich nicht mehr für ihn interessierten. Sie waren mit ihrer eigenen Trauer beschäftigt. Die Mutter solidarisierte sich mit der älteren Schwester, oft genug gegen den Kolibri, der die Welt nicht mehr verstand, aber die Trauer und die Ablehnung intensiv spürte.

Wieder einmal flüchtete die Familie in ein anderes Nest. So sehr der Kolibri sich auch bemühte, nichts schien ihm zu gelingen. Den Vater wieder glücklich machen, das wollte er. Da aber Schwester Pinguin und Mutter Nachtigall sich ständig gegen ihn verbündeten, hatte er keine Chance. Mit der Zeit wurde er immer trauriger und begann, sich in seine eigene Welt zurück zu ziehen. Er verzweifelte an sich selbst. Er sprach mit seinem Schutzgeist, mit den Elfen und Kobolden, mit den Naturgeistern und den Engeln, die er sehen konnte. Auch dafür wurde er ausgelacht, denn die anderen sahen diese ja nicht. Einmal, als er schwer erkrankte und das Bett hüten musste, sah er eine böse Fratze, die immer, wenn er die Augen schloss, in ihn hinein zu kommen schien. Aber er schaffte es nicht, wach zu bleiben. Endlich setzte der Adler sich an seinen Schlafplatz. Nun fühlte er sich beschützt. Sobald der Vater jedoch den Raum verlassen hatte, weckte ihn wieder der böse Geist. Als endlich der Morgen graute, waren alle hundemüde.

Tief in seinem Herzen wusste der Kolibri, dass Mutter Erde für alle sorgt, für den Pinguin, die Nachtigall und den Adler. Der Kolibri wollte nichts weiter, als den Sonnenschein genießen und die Menschen mit seinen Flugkünsten verzaubern.

Der Kolibri wollte insbesondere dem Adler gefallen, damit dieser seinen Schmerz vergaß. Doch er konnte ja kein Adler sein, er war nun mal ein Kolibri.

Und so wurde er überall ausgelacht und ausgenutzt, wenn er sich wie ein Adler gebärdete.

Als er älter wurde, flog er von Blüte zu Blüte, versuchte immer wieder erfolglos etwas zu sein, was nicht seiner Natur entsprach. Bald erwiesen sich die Blumen, die er anflog, zu groß, zu stachelig, oder er kam mit seinem langen zarten Schnabel nicht an den Nektar. Manche Tiere, bei denen er Gesellschaft suchte, erwiesen sich gar als Grobiane.

Doch der kleine Kolibri gab nicht auf. Gelegentlich fand er auch einen anderen Vogel, der sich mit ihm zusammen tun wollte, doch inzwischen hatte sich die Traurigkeit und die Wut in Hochmut verwandelt, nichts war mehr gut genug für den Kolibri, der sich mit dicken inneren Mauern schützte. Er hatte sich so sehr in seinen Wunsch versteift, ein Adler zu sein, dass er seine wahre Natur leugnete und sich wie ein Adler gebärdete. Und manch ein anderer Vogel sah nur, was er sehen sollte.

Nach langen Jahren brach das Trugbild endgültig ein. Der Kolibri hatte ein Kuckuckskind ausgebrütet. Als dieses flügge war und sich seinem eigenen Leben widmete, gab es für den Kolibri keine Lebensaufgabe mehr. So schloss der zarte Vogel sich einem Vogelzug an, der von einer Eule geleitet wurde.

Der Kolibri weinte auf dieser Reise viele Tränen. Seine Wut, die er nie hatte zeigen dürfen, strömte in einem Schrei aus einem anderen Vogel. Dieser hatte die Wut gleich gesehen und sich als Stellvertreter für den Wutschrei angeboten.

Ja, so hätte ich auch manches Mal schreien mögen, aber ich musste den Schrei zurück halten. Wer hätte ihn schon gehört und darauf geantwortet? Was hätte es genützt? Ich habe so schwer an dem Erbe getragen, unbedingt ein Adler sein zu sollen und nicht einmal eine Maus konnte ich fangen. Ein Drache wollte ich sein und war zu schwer zum Fliegen. Eine Heldin wollte ich sein und hatte Angst vor einem Bettler. Die Welt wollte ich verschönern und wurde dabei grob und hässlich. Eine weise Eule wollte ich werden und konnte nur bis 999 zählen. Singen wollte ich und war ständig erkältet. Viele hübsche Kinder wollte ich haben und es ist mir nur ein Kuckuckskind geblieben. Gesellig war ich und habe alle zum Lachen gebracht und nun bin ich allein und traurig. So mag denn ein anderer für mich schreien, mir ist der Schrei im Herzen zu Stein geworden.

Und dieser Schrei erlöste sein Herz. Er fand sich selbst wieder. Es dauerte noch Jahre, aber schließlich, mit der Hilfe vieler guter und verständnisvoller Vögel aus allen Teilen des Erdballs fand er seine wahre Bestimmung. Er hatte sich in die Welt der Geier und Pinguine verirrt. Und jetzt besann er sich wieder auf seine eigenen Fähigkeiten und war entschlossen, wieder Schönheit und Freude und Liebe in die Herzen seiner Mitgeschöpfe zu bringen. Aber nun geschah es nicht mehr mit dem Hochmut des Adlers, sondern aus Mitgefühl und Verständnis. Was andere bedrückte, hatte er ja selbst erlebt, so konnte er sich gut einfühlen. Die Hilfe Suchenden fanden sich angenommen und verstanden.

Die Truthähne

Aus dem amerikanischen Bräuchen ist uns der Truthahn als das Tier des Erntedankfestes bekannt. In indianischer Symbolik steht er für Fülle, Verschenken.

Das kleine Mädchen wohnte in einem schönen Haus mit Garten. Am hinteren Ende des Gartens befand sich ein weiteres kleines Häuschen. Zur Straße hin beherbergte es eine Garage, zum Nachbars Garten hin einen Raum, der dem Vater als Hobbyraum diente. In diesem wurde ein großes Mosaik gelegt, das später die Fassade des Wohnhauses in der Heimat schmückte. Näher am Wohnhaus gab es noch eine Hundehütte für den Schäferhund. Dieser durfte nur ausnahmsweise ins Haus, da die Mutter das zwangsläufig mit Schmutz verbundene Betreten nicht wünschte. Kind und Hund verstanden sich gut, sie spielten miteinander, kugelten sich gemeinsam auf dem Rasen. Beide wussten genau, dass es Spiel war und der Hund ging dem Mädchen aus dem Weg, wenn es an seinen Ohren gezwickt oder ihm auf die Füße getreten war. Die telepathische Verständigung funktionierte einwandfrei. Doch die Mutter hatte immer große Angst, so musste der Vater auch das manchmal durchaus etwas ruppige Spiel verbieten.

Eines Tages hatte das Mädchen mal wieder Langeweile. Auf der anderen Seite des Feldweges, der direkt vor dem Haus vorbeilief, war ein Feld, auf dem sich merkwürdige hässliche Vögel befanden. Eigentlich durfte es den Garten nicht verlassen. Zigeuner könnten das Kind mitnehmen oder sonstige Gefahren drohen. Im gewissen Sinne war die Angst der Mutter durchaus nachvollziehbar, es gab tatsächlich Zigeuner dort, denen man alles Mögliche, nur nichts Gutes, zutraute. Inzwischen war auch der zweite Sohn gestorben. Und da dieses Kind so impulsiv war, und gelegentlich etwas tat, was unangenehme Folgen hatte, musste man besonders aufpassen.

Aber das Mädchen hatte Langeweile, und außerdem machte es Spaß, Verbote zu übertreten. Es war doch nur die andere Seite des Feldwegs, in wenigen Schritten konnte es wieder im Garten sein.

Als es vor dem Gitter stand, das Besucher nicht

hinein und die Vögel nicht hinaus ließ, staunte es über diese ungemein hässlichen Vögel, die so komische Laute von sich gaben.

Diese waren nur mäßig interessiert und gingen weiter ihren ureigenen Beschäftigungen nach. Das Mädchen versuchte, das Gluck,gluck,gluck der Truthähne nachzuahmen, aber es muss wohl etwas Bedrohliches gesagt haben, denn der Puter kam wütend auf das Mädchen zugerannt. Als der Hahn auf ihn zulief, sah es eine dunkle Wolke auf sich zukommen,e hochgradige Aggression. Das Mädchen nahm daraufhin die Beine in die Hand und verschwand im Garten.

Als sie es der Mutter erzählte, noch ganz aufgeregt von diesem Abenteuer, aber eher neugierig als verängstigt, wurde die Mutter plötzlich blau mit kräftigem Rot dabei: Angst und Aggression. Sie schimpfte mit dem Kind, das die Aufregung gar nicht verstand. Die in Worte gekleidete Interpretation kam erst nach vielen Jahren, aber den Informationsgehalt spürte das Mädchen sehr wohl.

Für das Mädchen begann mit den Truthähnen der lebenslange Kampf zwischen Urvertrauen, dem Instinkt, der dich nie im Stich lässt und den teilweise skurrilen Richtlinien und Vorstellungen der Menschen. Obwohl Ungehorsam oft mit Prügeln bestraft wurde, lernte es nie, unsinnigen Ge- und Verboten widerstandslos zu gehorchen.

Truthähne gelten als die Kraft, die alles weggibt, als Symbol der Großzügigkeit schlechthin. Doch es heißt in der griechischen Mythologie auch: Hüte dich vor den Danaern, wenn sie Geschenke bringen. Die Danaer brachten das trojanische Pferd als Geschenk, doch im Bauch lauerten die Krieger, die den Fall Trojas besiegelten.

Und noch heute esse ich nicht gerne Putenfleisch. Aber es gibt ja ausreichend Alternativen.

Das Vogelnest

Tagsüber war noch gutes Wetter gewesen. Gegen Abend zog ein Sturm auf. Oben auf den Holzpfeilern, die die Terrasse umrahmten und an denen sich wilder Wein hochrankte, hatten Amseln ihr Nest gebaut. Die Jungen in den Eiern standen kurz vorm Schlüpfen. Als es zu stürmen begann, kauerte sich die Amselmutter auf die Eier, um sie zu schützen. Der Amselvater umflog zunächst noch das Nest, als wolle er die Mutter auffordern, ihm zu folgen. Allmählich nahm der Sturm zu, der Wind pfiff um die Ecken, der Himmel wurde sehr schnell bedrohlich schwarz und schwärzer. Die Pfeiler schwankten leicht, die ersten Weinranken flogen durch die Luft.

Im Hause sagte der Vater zu der sechs-jährigen Tochter: „Die armen Vögel haben bestimmt auch Angst da draußen. Wenn es noch schlimmer wird, werden die Eltern womöglich weg fliegen und nicht mehr wiederkommen." „Aber Papa, wie können denn die Eltern ihre Kinder verlassen, die brauchen doch Nestwärme und Nahrung."

Geduldig erklärte der Vater: "Ja, weißt du,

manchmal, wenn die Stürme zu schlimm werden, dann passiert es, dass die Eltern weg fliegen." „Aber das können die doch nicht machen, sie müssen doch für die Kinder sorgen." Der Vater musste sich etwas einfallen lassen, um das verängstigte Kind zu beruhigen. „Na, schauen wir morgen noch mal nach, vielleicht kommt wenigstens die Mutter wieder, der Vater ist ganz sicher weggeflogen und kommt nicht mehr zurück. Und nun ab ins Bett, morgen ist auch noch ein Tag."

Der Sturm wuchs sich zu einem Orkan aus, es blitzte und donnerte, der Regen löste wahre Sintfluten aus. Das Nest schwankte in seiner Verankerung, hielt aber stand. Am nächsten Tag blieb es düster. Die Nachwehen des Sturms waren noch nicht vorüber. Noch immer regnete es. Es blieb noch zwei Tage düster, windig und regnerisch. Immer wieder fragte das Kind nach den Vogeleltern, und ob sie denn nicht zurückkämen. „Der Vater" sagte er, "ist schon längst weggeflogen, der kommt nicht zurück. Bei der Mutter weiß ich es nicht, vielleicht sieht sie noch mal nach den Kindern, wenn diese noch leben und nicht schon erfroren sind."

Am übernächsten Tag hellte sich der Himmel auf. Beide Vogeleltern waren verschwunden, hatten die Eier im Stich gelassen wegen des Sturms. Da die jüngste Tochter unbedingt nach den Eiern schauen wollte, ließ sich der Vater erweichen. Sie gingen hinaus, und schweren Herzens nahm der Vater die Eier aus dem Nest. Und öffnete es eins nach dem anderen. Er stellte fest, dass der älteste Jungvogel bereits kurz vor dem Schlüpfen gestanden hatte, ein oder zwei Tage hätte es noch gebraucht. Das nächste Junge war kurz dahinter, vielleicht einen Tag mehr. Die beiden Letzten waren noch nicht so weit, das Zweitjüngste noch nicht voll ausgebildet, das jüngste war noch kaum entwickelt.

Der Vater wurde sehr traurig. Er ging ein Stück weiter in den Garten hinein und blieb dort stehen. Die jüngste Tochter fühlte seinen Schmerz und folgte ihm, die ältere Tochter blieb bei der Mutter stehen.

Plötzlich wechselte die Bewusstseinsebene.

Nunmehr sahen beide, dass dies die Situation trefflich beschrieb. Der zweite Sohn war bereits im Alter von sechs Jahren ertrunken, der älteste Junge (dreizehn Jahre alt) hatte vor Kurzem einen tödlichen Unfall gehabt. Da Vater und Tochter sich beide auf einer höheren Bewusstseinsebene befanden, waren sie im Geiste verbunden und sahen das Gleiche. Der Vater entschuldigte sich bei der Tochter, dass er innerlich die Familie verlassen hatte und sah in die Zukunft. Die Tochter sah dasselbe, aber mit ihren sechs Jahren konnte sie das, was sie sah, nicht wirklich deuten. Der Vater wollte ganz und gar weggehen, doch dann dachte er an die Mutter und die beiden Mädchen. Das Mädchen überredete ihn da zu bleiben, es würde die Sorgen auf sich nehmen, darauf achten, dass die Familie zusammen blieb. Ein Versprechen auf dieser geistigen Ebene ist bindend, bis es bewusst zurückgenommen wird. Die Tochter konnte überhaupt nicht einschätzen, was sie sich damit eingehandelt hatte, doch es fühlte die Schwere der Aufgabe, ebenso wie der Vater. Um geistig halbwegs gesund zu bleiben, empfahl man ihm einen Künstler. Dieser erarbeitete mit dem Vater zusammen das Mosaik. Stundenlang verschwand der Vater oft, um dort seine Trauer zu verarbeiten.

Dieser ließ sich letztlich darauf ein und blieb. So wurde aus dem Mädchen mit der Zeit immer mehr ein Packesel für die Ablehnung der Mutter, den Neid der Schwester, den Schuldgefühlen des Vaters. Es wurde zum Fußabtreter.

Der Hund

Inzwischen war die Familie nach England umgezogen in einen kleinen, idyllischen Vorort südlich von London. Wieder wohnten sie in einem großen Haus mit großem Garten. Da damals ein halbes Jahr Quarantäne Pflicht war, war der Hund bei einer anderen Familie untergebracht worden. So lange Zeit in einem Käfig zu sein, das wollte der Vater dem Hund nicht zumuten. Das Mädchen war inzwischen acht Jahre alt. Wieder ein fremdes Land, neue Freunde, neue Sprache, neue Sitten.

Ein erstes Auto, ein erster schwarz-weiß Fernseher wurden angeschafft. Man schrieb das Jahr 1960.

Hinten im Garten stellte der Vater eine Schaukel auf. Wenn das Mädchen, nennen wir sie Lina, hoch genug schwang, konnte sie mit den Fußspitzen gerade so eben die tiefer hängenden Zweige der japanischen Kirsche erreichen.

Vom Vorgarten aus konnte man einen Torbogen sehen, der in den landschaftlich sehr schönen kleinen Park, Non-such-parc, führte. Im Park gab es eine Trauerweide, die unter ihren Zweigen Platz genug ließ, damit Lina sich dort verkriechen und ihren Gedanken nachhängen konnte. Der Weg zur Schule führte durch den Park. Wenn man den Weg durch den Wald nahm, war man schneller in der Schule als wenn man die Straße nahm. Natürlich sollte Lina nicht durch den Park gehen, es könnte hinter jedem Baum ein Vergewaltiger herausspringen und Lina etwas Böses tun. Lina hatte zwar selbst keine Angst, aber da sie die Furcht ihrer Mutter und ihrer fünf Jahre älteren Schwester spürte, war sie wachsam, wenn sie den Weg nahm, der bei schlechtem Wetter durchaus etwas düster wurde.

Lina war zu diesem Zeitpunkt diffus unglücklich. Die Eltern erklärten sich dies mit dem Umgebungswechsel. Sie haben sich, vergraben in ihrer eigenen Trauer, nicht vorstellen können, dass sich ihre Kinder völlig vernachlässigt fühlten.

Eines Tages war der Kummer wieder einmal groß und suchte sich ein Ventil. Lina machte sich in den frühen Morgenstunden auf, ging in den Park, der ihr inzwischen gut vertraut war. Sie wusste nicht, wohin sie wollte, nur weg, vielleicht würden die Eltern dann wieder glücklich werden können. Sie hatten sie ohnehin nicht mehr lieb, was sollte sie dann noch hierbleiben? Vielleicht erinnert sie sich an sie, wenn sie längere Zeit verschwunden war.

Nach etwa zwei Stunden verließ sie der Mut, sie machte sich auf den Rückweg. Sie kam dabei an einem in die Erde gerammten Stock vorbei, an den ein Sack gebunden war. Da bewegte sich der Sack und ein Geräusch kam von dort. Neugierig ging Lina näher. Sofort hatte sie ein Bild vor Augen. Es war ein Hund in dem Sack! Vorsichtig ging sie näher, sprach mit dem Hund, beruhigte ihn. Sie befreite ihn aus seinem Sack. Obwohl er völlig abgemagert, offensichtlich auch geschlagen worden war und obendrein krank, lockte sie ihn Schritt für Schritt zu ihrem Haus. Es dauerte ziemlich lange. Immer wieder musste sie ihn ermuntern und locken. Trotz seines ängstlichen und vorsichtigen Verhaltens, er hielt immer genügend Abstand, kamen sie schließlich an.

Die Mutter war gar nicht begeistert, das Tier sei krank und müsse vom Tierschutzverein abgeholt werden. Sie ekelte sich deutlich vor dem Tier. Der Vater ließ das Tier in den Garten und versorgte ihn mit ein wenig Fressen und Wasser.

Am nächsten Tag musste Lina zur Schule. Sie

kam gerade zurück, als sie den Wagen des Tierschutzvereins bemerkte und zwei Männer, die mit Knüppel, Stange und Netz bewaffnet, in das Haus gehen sah. Man befahl ihr Abstand zu halten. Es nützte nichts, sie musste zusehen, als die Männer, wenig freundlich, das im Flur eingekesselte Tier einfingen. Ihre Bitte, dass sie das Tier sicher auch ohne Gewalt in den Wagen locken konnte, ignorierte man vollständig.

Lina beschwerte sich abends beim Vater. Dieser nahm die Mutter in Schutz, versuchte aber wenigsten auf das Mitgefühl des Kindes einzugehen, es damit zu trösten, dass der Hund sehr krank gewesen sei und er es jetzt besser habe, er sei im Hundehimmel.

Kurze Zeit später lief Lina wieder, unbemerkt von den Eltern, von zu Hause weg, fand wieder nach Hause zurück. Ihre Überlegungen waren zweiseitig. Einerseits hatte sowieso niemand sie lieb, weshalb sollte sie bei diesen Eltern bleiben? Vielleicht fände sie ja jemanden, der sie mit zu sich nehmen würde und sie liebhatte. Andererseits wären die Eltern wohl doch etwas traurig, wenn noch ein Kind sie verließ. Sie war hin- und hergerissen. Obwohl sie erst zehn Jahre alt war, war ihr doch bewusst, dass sie es alleine noch nicht schaffen konnte zu überleben. Sie fühlte sich hintergangen und getäuscht.

Kinder sind meist sehr empfänglich für die Schwingungen, die in der Familie vorherrschen. Fehlende Kommunikation, Lügen und Täuschungen untergraben das Vertrauen ganz erheblich.

So verwundert es nicht, dass Lina noch einige Male den Vorsatz fasste, ihr Elternhaus zu verlassen. Einmal wurde sie bei strömendem Regen von einem Nachbarn wieder eingefangen, die Polizei hatte gerade ihr Suche abgebrochen. Der Nachbar überredete sie ins Auto zu steigen und versuchte heraus zu bekommen, warum Lina weggelaufen war. Aber sie hielt treu zu ihrer Familie und schwieg. Als der Nachbar das Kind ablieferte, die Polizei war noch im Haus, fragten sich die Erwachsenen, zu wem Lina wohl zuerst gehen würde, zu Mutter oder Vater. Dieser stand vorne, gleich bei der Tür, die Mutter hinten im Flur. Lina wollte zum Vater, sie spürte seine Liebe. Die Mutter jedoch wollte dem Vater ihre Verachtung zeigen. Sie zog geistig so sehr an dem Kind, dass es schließlich doch zu ihr ging. Das Tauziehen hatte sie bemerkt, konnte sich jedoch noch nicht wehren.

Ein weiteres Mal wollte sie ein Pferd entführen. Sie hatte inzwischen Reitunterricht bekommen. Die selbstgebastelte Trense, ein Bindfaden und eine kurze Metallröhre, wollte das Pferd jedoch nicht ins Maul nehmen. Beim nächsten Versuch, wollte sie das Vorhängeschloss zur Sattelkammer auf sägen. Sie hatte sich Vaters kleine Metallsäge aus dem Werkzeugkasten genommen, war sehr früh am Morgen mit dem neuen Fahrrad zum Stall gefahren. Doch es war schwer, das Vorhänge-schloss auf zu sägen. Sie war schon ganz erleich-tert, dass sie es fast geschafft hatte, als sie ein merkwürdiges Gefühl bekam, als ob jemand sie beobachtete. Sie drehte sich um, sah aber nichts. Das passierte ein zweites Mal, diesmal war sie ziemlich sicher. Einen kurzen Moment später drehte sie sich um und sah, dass ganz langsam, hinter dem Zaun ein Hut immer höher kam. Sie wusste sofort, dass sie jemand beobachtete. Sie schwang sich eilig auf ihr Fahrrad und radelte die acht Kilometer wieder nach Hause. Der Vater er-zählte eines Abends eine merkwürdige Geschich-te, von jemandem, der im Reitstall das Schloss auf sägen wollte. Lina leugnete, obwohl man ziemlich sicher war, dass dieser jemand sie gewesen war. Er erwähnte auch, dass man das Schloss nun verstärkt hätte. Dies Möglichkeit, mit einem Pferd durch die Lande zu reiten und vom Märchenprinzen gerettet zu werden, fiel also auch aus. Schließlich gab sie auf.

Für die Eltern, insbesondere für die Mutter, war dieses Verhalten ausgesprochen lästig. Lina aber hatte ihre Gründe. Sie litt unter der Lieblosigkeit, die aus der Trauer über die verstorbenen Kinder entstanden war. Ein lebenslustiges, neugieriges Kind braucht ein Ventil für seinen Kummer. Strafe verringert den Kummer nicht.

Die Schildkröte

In fast allen Völkern der Welt wird der Schildkröte große Bedeutung beigemessen. Die Deutungen sind recht verschieden. Am häufigsten trägt sie die Welt auf ihrem Panzer. Sie ist ein Symbol für Langlebigkeit, die älteste bekannte Schildkröte soll einhundert sechsundsiebzig Jahre alt geworden sein; und damit steht sie auch für uralte Weisheit. Einerseits ist sie sehr verletzlich, andererseits hat sie einen harten Schutzpanzer und ist damit vor Feinden sicher. Im asiatischen Raum herrscht der Glaube, man könne der Schildkröte die eigenen Sorge und Ängste übertragen. Dann schickt man sie weg und damit auch die Sorgen. In Japan steht sie für Treue, Zuverlässigkeit und ein langes Leben.

In der indianischen Tradition ist die Schildkröte das Symbol für Mutter Erde. Sie erinnert daran, dass wir der Erde, von der wir stammen, ihre Gaben, die wir von ihr empfangen haben, zurückgeben sollen.

Welche Bedeutung man der Schildkröte auch

zuschreiben mag, mir ist sie einmal in einer Vision am helllichten Tag erschienen. Bis heute hadere ich damit, welche Bedeutung diese Vision für mich haben sollte.

Es war ein herrlicher Sommertag. Lina war mit ihren Eltern auf der Terrasse und genoss den Sonnenschein. Schon den ganzen Tag hatte sie ein merkwürdiges Gefühl gehabt. Es war, als sei der Brustraum mit vibrierender Luft gefüllt, und die Aufmerksamkeit extrem erhöht. Plötzlich verändert sich die Bewusstseinsebene. Jemand hielt eine Schildkröte in der Hand, sie war auf den Rücken gedreht und zappelte mit den Füßen. Die Gestalt riss der Schildkröte den Bauchpanzer auf und so sah man die zarten Eingeweide. Lina krümmte sich vor Schmerz, sie konnte ihn als eigenen spüren. Sie unterhielt sich mit dem Wesen und fragte, was es bedeutete, aber bevor sie eine Antwort erhielt, war die Vision zu Ende.

Den Rest des Tages und der Nacht versuchte Lina dem Gesehenen eine Bedeutung für sich selbst abzuringen, kam jedoch zu keinem Ergebnis.

Als ich Anfang der neunzehnhundert siebziger Jahre der parapsychologischen Gesellschaft beitrat, kam die damalige Vorsitzende auf mich zu und zeigte sich erschrocken über die vielen Löcher in meiner Aura.

Während meiner Zeit im Studentenwohnheim schenkte die Freundin eines Mitbewohners ihrem Freund ein kleines Aquarium mit Wasserschildkröten.

Meine Schwester schenkte mir zu irgendeinem Anlass eine Schildkröte aus grüner Jade.

Bis heute habe ich keine innere Verbindung zu Schildkröten. Wenn ich an diese Tiere denke, fällt mir spontan nur die Schnappschildkröte mit dem harten Schnabel ein, ein ziemlich aggressives Tier, das schon mal einen Finger abbeißen kann.

Die Libelle

Das englische Wort für Libelle ist dragonfly. Im keltischen Kulturkreis wurde sie für einen kleinen Drachen gehalten, auf denen Elfen und Feen fliegen sollen.

Bei den Schamanen gehört sie zur Traumzeit und zur täuschenden Fassade, die wir gewohnt sind, als körperliche Welt anzunehmen.

Einer Legende zufolge soll sie einmal ein Drache gewesen sein, der seiner eigenen Täuschung zum Opfer fiel. Der Drache verlor seine Gestalt, indem er dem Kojoten bewies, dass er die Gestalt verändern könne. Er verlor seine Kraft dadurch, dass er die Herausforderung annahm, seine magische Tüchtigkeit unter Beweis zu stellen.

Die Libelle bedeutet aber auch Leichtigkeit.

In den Sommerferien besuchten Lina und ihr Sohn eine in Frankreich lebende Verwandte. Sie fuhren mit dem Auto die knapp 1800 km nach Bordeaux. Völlig erschöpft von der Reise in der Hitze des Tages kamen sie endlich bei Irmi an. Sie kam ihnen schon auf dem Parkplatz entgegen. Bevor noch eine Begrüßung statt-gefunden hatte, erklärte sie Lina, dass sie bereits Unterlagen herausgesucht habe für. eine Reise in das Perigord Es gäbe dort viele Höhlen mit alten Malereien, aber auch solche mit sehenswerten Stalagmiten und Stalaktiten. Lina könnte gleich weiterfahren. Für den Sohn habe sie einen Aufenthalt in einer Art Sommerlager gebucht, die von einem Psychologen geleitet würde.

Lina wollte jedoch zunächst einmal duschen und vielleicht eine Nacht ausruhen. Beinahe wäre es darüber zum Streit gekommen. Gnädig ließ Irmi sie eine Nacht bei sich schlafen. Am nächsten Morgen ging es mit Zelt und Schlafsack auf die Reise: übernachten auf klammen Campingplätzen, in einem Ein-Mann-Zelt bei Dauerregen, nur eine Straßenkarte als Orientierung.

Es wurde dennoch eine magische Reise. Die Erklärungen der Reiseführerin zu den alten Höhlen-Malereien leuchteten Lina nicht ein. Es seien wahrscheinlich kultische Zeichnungen, um das Jagdglück zu steigern. Später befragt, gab diese zu, dass das die momentane Theorie sei, genau wisse man es aber nicht. Ohne Vorwarnung überfiel sie eine Vision, in der sie mit diesen

Menschen in der Höhle war und die magischen Zeichnungen anfertigte. Als man die Gruppe auf die Kratzspuren der Bären hinwies, sah sie die Bärin, die in dieser Höhle ihre Jungen zur Welt gebracht hatte und wurde für einen Moment eins mit ihr.

Lina fiel eine Geschichte ein, die ihr ein Student aus Malawi erzählt hatte: Dorr müsse man, um Jagdglück zu haben, insbesondere wenn man Löwen jage, zunächst fasten, und die Waldgötter um Erlaubnis bitten. Als christlich erzogener junger Mann, hielt Pearson dies für abergläubischen Unsinn. Sie zogen also ohne die üblichen Rituale ausgeführt zu haben los. In den ersten drei Tagen zeigte sich überhaupt keine Beute. Einer der Begleiter, vermutlich ein Schamane, drängte darauf, die Waldgeister zu beschwichtigen indem man ein Opfer brachte und die erforderliche Erlaubnis einhole. Wieder hielten die jungen Männer dies für Unsinn. Der Schamane wurde krank. Als es ihm am dritten Tag sehr schlecht ging, wusste man sich keinen Rat mehr. Man bat ihn also, die erforderlichen Dinge zu tun. Nachdem er scheinbar von jetzt auf sofort genas, seine Rituale durchführte, fanden sich die zu erjagenden Tiere ein.

Lina lief noch eine Weile auf dem Gelände herum. Sie fand einen liebevoll gestalteten kleinen Teich. An einer Stelle führte ein kleiner Aquädukt Wasser, das in den Teich lief. Sie folgte dem Wasser und stellte fest, dass es aus einer kleinen Quelle kam. Der Gedanke drängte sich auf, dass sie dem Leben quasi rückwärts gefolgt war. Wir kommen aus einer Quelle und landen alle im Ozean.

Nach einer weiteren Besichtigung auf dem Weg zurück zu ihrem Auto, kam sie an einem kleinen Tümpel vorbei. Sie bemerkte wohl die Libellen und erinnerte sich an eine Freundin aus der Schulzeit, die erzählt hatte, sie sei von einer Libelle gestochen oder gebissen worden.

Angeblich ist dies nicht möglich. Libellen stechen nicht.

Sie ging durch die Bäume hindurch auf einen kleinen Pfad, der über den Tümpel führte, als sie aus dem Augenwinkel auf einmal eine ziemlich große blaue Libelle blitzschnell auf sich zufliegen sah. Im nächsten Moment spürte sie einen stechenden Schmerz im linken Daumenballen. Nach zwei Stunden war der Daumen dick angeschwollen, heiß und schmerzte. Eine Touristin, die sie auf einer Bank sitzen sah, bemerkte sie, kam auf sie zu und fragte, ob sie helfen könne. Lina erzählte ihr von dem Libellenstich, aber die Dame glaubte ihr nicht. Dennoch gab sie ihr eine kühlende Salbe. Libellen stechen nicht. Und doch wurde Lina von einer gestochen.

Das Pferd

Das Pferd ist ein vielseitiges Symbol.

Bei den Germanen reitet Odin auf einem achtbeinigen Pferd. Der Wagen der Sonne wird von zwei Pferden gezogen, der sich nicht von der Mondgöttin einholen lassen darf, da sonst der Weltuntergang anbricht.

An den Giebeln alter Bauernhöfe findet man in manchen Gegenden heute noch zwei geschnitzte Pferdeköpfe, jeweils nach außen blickend, doch die Bedeutung ist kaum noch bekannt. Bei den Germanen wurden Pferde auch als kraftvolle Abwehr von Flüchen gesehen. Sie blicken nach außen, um den Fluch nicht nur abzuwehren, sondern zu dem Gegner zurück zu schicken.

Wir kennen alle das Einhorn, oder Pegasus, der fliegen kann. In indianischer Tradition steht das Pferd für die Macht des Schamanen, sich in die Lüfte zu erheben und in den Himmel zu fliegen. Das Einhorn verkörpert die Unschuld, sein Horn kann alle Krankheiten und Leiden heilen.

Pferde werden heute gerne auch als Therapiepferde genutzt. Man hat festgestellt, dass ein Spastiker sich durch die Wärme und gleichmäßige Bewegung entspannen kann. Auch für problematische Jugendliche ist der Umgang mit Pferden therapeutisch.

Und mit welcher Eleganz tragen die Lipizzaner ihre Künste vor!

Es macht großen Spaß, auf dem Pferderücken in vollem Galopp über die Ebene zu rasen oder am Strand entlang zu reiten. Aber die Kraft des Pferdes will gebändigt sein.

ina war zehn Jahre alt, als sie ein wunderbares Weihnachtsgeschenk erhielt: Reitstunden.

In ihrer ersten Reitstunde setzte man sie auf ein angeblich ruhiges Pferd. An der Führungsleine ging das Pferd ruhig neben dem der Reitlehrerin. Das Tempo wurde schließlich etwas schneller, man erklärte ihr, wie sie nur jedes zweite Mal das Geholper aussitzen sollte.

Lina fühlte sich großartig, die Kraft unter ihr verlieh ihr ein wunderbares Gefühl.

Bei der nächsten Reitstunde durfte sie, auf eigenen Wunsch, auf einer weitläufigen Ebene, ohne

Führungsleine reiten.

Das Pferd wurde schneller und lief mit den anderen mit. Es wurde jedoch zunehmend schneller und Lina freute sich über die Geschwindigkeit, es fühlte sich einfach großartig an. Sie ließ alle anderen hinter sich, bis das Pferd an einen Graben kam. War es das Pferd, oder Lina selbst, die überlegte, ob es stoppen sollte und sie vom Rücken fallen würde oder ob sie gemeinsam den Graben überspringen sollte. Lina, oder vielleicht eher das Pferd, entschloss sich zu springen und landete wohlbehalten auf der anderen Seite. Der Rest der Gruppe musste hinterher. Doch das Pferd hielt auch da nicht an. Plötzlich merkte sie, dass sie keinerlei Kontrolle hatte. Die Reitlehrerin schrie ihr zu, sie solle am rechten Zügel ziehen, damit das Pferd einen Kreis schlug und so langsamer werden würde. In der nächsten Reitstunde wurde die Führungsleine wieder benutzt.

Durch die Unsitte, jemandem den Stuhl kurz vorm Hinsetzen unter dem Hintern wegzuziehen, stauchte Lina sich das Steißbein so sehr, dass sie ständig Schmerzen hatte. Die Eltern waren nach Island gezogen und gaben Lina ins Internat. Eine schwere Zeit für Lina. Sie nutzte die Fürsorge, die man ihr wegen des geprellten Steißbeins zukommen ließ ganz unbewusst, um auf sich aufmerksam zu machen. Die Mutter kam angereist, der es ganz recht war, eine Zeit ohne ihren Mann, stattdessen bei ihrer Mutter in Deutschland, zu verbringen. Es wurde beschlossen, das Steißbein operativ zu entfernen.

Die Sommerferien durfte Lina in Island verbringen. Der Vater hatte einen deutschen Pferdezüchter kennen gelernt. Auf seine Einladung hin verbrachte man auf der großen Farm ein paar Tage.

Die beiden Kinder des Züchters waren natürlich seit frühester Kindheit mit den Island-Pferden vertraut. Man nahm Lina eher unwillig mit auf kleine Ausflüge zu Pferd.

Der Züchter organisierte einen längeren Tagesausflug mit etwa zwanzig Teilnehmern. Lina's Vater sollte auch mit. Er war während des Krieges in einer Kavallerie -einheit gewesen.

Island Pferde sind ein wenig anders zu reiten als unsere herkömmlichen Reitpferde. Man suchte ein ruhiges Pferd aus für Lina. In dem Moment, als sie aufsaß, rannte das Pferd auch schon los und wurde zum Glück von einem Zaun gestoppt. Da sie offensichtlich keine Kontrolle über das Pferd hatte, durfte sie nicht mit, das Risiko, dass das Pferd in dem sehr weitläufigen Gelände mit ihr verschwinden würde und man später Suchmannschaften brauchen würde, um sie wiederzufinden, wollte man nicht eingehen. Die Tränen flossen reichlich.

Das war vielleicht auch gut so. Denn nach dem Entfernen des Steißbeins scheuerte Lina jedes Mal direkt mit dem Ende des Rückgrats über den Sattel. Nach einem längeren Ausflug ein paar Tage zuvor, war die Stelle ganz wund gescheuert.

Im Internat wurde ihr angeboten zu voltigieren, da das Reiten nun nicht mehr in Frage kam.

Während des Studiums lernte sie durch einen Mit-Studenten dessen Freundin kennen, die seit vielen Jahren Pferdesport betrieb. Lina ließ sich überreden und so fuhr man zwei Mal in der Woche zum Reiten. Man brachte einen Freund mit, der sich in Lina verliebte.

Kontrollverlust blieb lange ein Thema.

Während einer Reitstunde in der Halle fing es plötzlich an zu hageln. Das Dach der Reithalle bestand aus Wellblech. Die Hagelkörner veranstalteten einen Höllenlärm auf dem Dach. Der Reitlehrer, ein verbitterter alter Mann, hatte die Reitschüler absichtlich alle in einer Ecke der Halle versammelt, und zwar dort, wo es am lautesten war. Einige Pferde gerieten in Panik. Auch Lina's alter Gaul versuchte, sich der Kontrolle zu entziehen und wollte kopflos durch die Halle rennen. Doch Lina hielt stand. Sie beruhigte das Pferd gedanklich und mit Zügeln, bis es stillstand. Es war vor Angst völlig nass geschwitzt, Schaum troff ihm aus dem Maul, aber es stand.

Das war ein Schlüsselerlebnis. Es wurde ihr bewusst, dass der Wille nur stark genug sein musste.

Jahre später, inzwischen verheiratet, feierte Lina mit ihren Studienkollegen den Abschluss ihres Referendariats. Während der Feier hatte sich ihr Mann zurück gehalten. Die Gäste gingen schließlich nach Hause. Nun trat die Eifersucht in ihrem Mann zu Tage.

Lina saß auf dem Sofa, genau gegenüber war der Durchbruch zur Küche. Plötzlich stand ihr Mann mit einem großen gezackten Brotmesser im Durchgang, Mord in den Augen. Die Bewusstseinsebenen verschoben sich. Lina's Mann wurde vollständig von dem Gedanken an Strafe, ja, bis hin zum Wunsch zu töten, beherrscht. Lina erkannte dies. Sie beschloss, ihm keine Chance zu geben. Sie blieb völlig ruhig und sandte gedanklich den Befehl aus: Leg das Messer weg! Nach dem dritten Mal wechselte die Bewusstseinsebene erneut in die körperliche Realität. Sie sah, wie bei ihm die Scheuklappen von den Augen fielen. Ganz verwirrt fragte er sich, was er mit dem Brotmesser gewollt hatte. Man sprach noch eine Weile miteinander und begab sich zu Bett. Lina hatte zwar ihre Kraft erkannt und lebensrettend benutzt, aber riskieren wollte sie keine weiteren Vorfälle. Am nächsten Morgen ging sie zum Anwalt und reichte die Scheidung ein.

Lina geriet noch einige Male in ihrem Leben in brenzlige, wenn auch nicht unmittelbar lebensbedrohliche Situationen, aber sie begann, Vertrauen zu haben in die Macht des Geistes. Es konnte ihr nichts mehr passieren, wenn sie es nicht zuließ.

Das Eichhörnchen

Während sie in England lebte, hatte sie eine Begegnung mit einem Eichhörnchen.

Eichhörnchen sind nach indianischer Tradition Sammler. Es sammelt in der üppigen Zeit, um für den Winter vorzusorgen. Sie sind flink, sehr geschickt, und wechseln blitzschnell ihre Standort. Wenn es in den Karten auftaucht, kann es auch eine Warnung sein, sich seine Kräfte einzuteilen, es könnten schwere Zeiten auf einen zukommen.

Natürlich konnte ich das damals alles nicht wissen. Der Symbolgehalt wurde erst sehr viel später deutlich.

Heute war ein besonderer Tag, der Vater würde die Tochter aus der Schule abholen, ein ganz und gar ungewöhnliches Ereignis.

Lina's Sprachkenntnisse waren noch sehr gering. In der Schule, die sie erst seit kurzer Zeit besuchte, hatte man ein Mädchen dazu abgestellt, auf Lina aufzupassen und in die Gemeinschaft aufzunehmen, wie es im angelsächsischen Raum durchaus üblich ist. In der Pause musste Lina unbedingt auf die Toilette. Dazu gab es hinten im Hof ein separates Gebäude. Sie konnte sich dem Mädchen jedoch nicht verständlich machen oder diese ignorierte sie einfach. Als das Mädchen sie festhielt, wusste sie sich nicht anders zu helfen, als ihr in die Hand zu beißen. Dies zog furchtbare Empörung seitens der Schulleitung nach sich. Obwohl sie nur wenig verstand, hörte sie doch das Wort Nazi heraus und andere wenig schmeichelhafte Bezeichnungen.

Der Vater wurde also in die Schule zitiert, da das Englisch der Mutter noch nicht ausreichte.

Lina ging nach der Besprechung in der Schule mit ihrem Vater durch den Park nach Hause. Dieser versuchte vorsichtig heraus zu finden, warum Lina so aufmüpfig war, sich nicht einfügen konnte.

Das Gespräch wurde unterbrochen, als Lina auf ein halbtotes Eichhörnchen, das am Fuße eines Baumes lag, stieß. Unbedingt wollte sie es mitnehmen und gesund pflegen. Der Vater erklärte ihr, dass es sicherlich krank sei und seine Mutter oder seine Geschwister es aus dem Nest geworfen hätten. Er erklärte ihr, dass die roten Eichhörnchen eigentlich Eindringlinge seien, die den Bestand der ursprünglich heimischen grauen Eichhörnchen gefährdeten. Interessant, aber man konnte das arme Tier doch nicht so liegen lassen. Der Vater ließ sich erweichen, man nahm, in ein Taschentuch gewickelt, das Tier mit, da es noch lebte. Liebevoll baute der Vater eine Kiste, polsterte es aus. Die Mutter musste es zunächst mit einer Pipette, etwas später einer kleinen Flasche, füttern. Es trank jedoch nur wenig, bekam Durchfall. Die Kiste stand in der Küche, wo es warm war. Als Lina am nächsten Tag von der Schule kam, versuchte sie weiterhin das Tier zu füttern, doch ziemlich erfolglos.

Als sie am nächsten Morgen aufstand und als Erstes nach dem Hörnchen fragte, bemerkte sie, dass die Kiste nicht mehr da war. Es gab viele Tränen, als sie erfuhr, es sei über Nacht gestorben und Vater habe es im Garten vergraben.

Die Mutter war sicherlich froh, das Tier los zu sein. Ihr Sohn hatte damals Milchschorf gehabt. Es war wohl recht mühselig, den Kopf jeden Tag mit Öl einzureiben, die Krusten vorsichtig zu entfernen – und das Tag für Tag. Es stellt sich die Frage, warum ein Kind allergisch auf die Milch der Mutter reagiert.

Als der zweite Sohn starb, verschonte man uns Mädchen. Wir durften nicht zur Beerdigung. Ich habe auch nicht Abschied nehmen können. Mir wurde jedes Mal, wenn ich nach ihm fragte, lediglich mitgeteilt, er würde nicht mehr wieder kommen, er sei jetzt an einem schönerem Ort. Es durfte nie wieder darüber gesprochen werden, der Name nicht erwähnt.

So spiegeln sich die Ereignisse in der Natur wieder.

Kinder haben ihren ganz eigenen Zugang zu Tod und Sterben. Man weiß von todgeweihten Kindern, etwa mit Krebs, dass sie meist keine Angst haben, sie trösten eher die Eltern.

Ich erinnere mich gut an meinen Bruder, obwohl ich erst sechs Jahre alt war, als er starb, meine Schwester, die den Tod ihrer Brüder mit sechs und mit zwölf Jahren erlebte, hat jegliche Erinnerung an sie verdrängt.

An dieser Stelle bietet es sich an, eine weitere Vision einzufügen.

Ich war bereits fünfzig Jahre alt, als ich eines Nachts im Halbschlaf, oder wie man diesen Zustand beschreiben soll, sehr deutlich den Bruder vor Augen hatte, den ich nie kennen gelernt hatte. Er war in einem endlos langen Tunnel, an dessen weit entferntem Ende ein sehr helles Licht schien. Ich sah nur seinen Kopf. Mein Kopf gesellte sich zu ihm. Ich sah, dass er völlig verwirrt war, er wusste nicht, was er dort tat, was er dort sollte, nicht einmal wo er war. Ich wusste, dass er im Zwischenbereich gefangen war und noch nicht verstanden hatte, dass er tot war. Ich erklärte es ihm und bot mich an, ihn dorthin zu begleiten. Er müsse ins Licht. Seit fünfzig Jahren war er bereits dort. Kurz vor dem Licht musste ich ihn jedoch loslassen. Ich ermunterte ihn, weiter auf das Licht zu zugehen, und wachte auf.

Er war ja auf der Feier ins Wasser gefallen und ertrunken. Niemand war auf die Idee gekommen, nach den spielenden Kindern zu sehen. Sein Körper hat sich irgendwann verabschiedet, ohne dass sein Geist den Tod realisierte.

Eine weiter Begegnung mit dem Tod hatte ich, als mein Sohn zehn Jahre alt war. Zu der Zeit besuchte er tagsüber eine Kindertagesstätte in der Nähe. Das große Haus lag am Rande eines Parks. Unmittelbar um das Haus war eine größere freie Fläche, etwa 50 Meter entfernt ein kleiner Teich. Auf der anderen Seite, dichter an der Straße gelegen gab es eine Reihe von Büschen. Mein Sohn kam nach Hause und erzählte mir, in den Büschen läge ein Mann mit einer Plastiktüte über dem Kopf. Wir gingen also gemeinsam hin. Offensichtlich hatte sich ein betrunkener Obdachloser still und leise vom Leben verabschiedet. Ich erklärte ihm, dass der Mann tot sei, er habe diesen Weg aus seinem Elend gewählt.

Wir gingen gemeinsam in die KiTa, wo ich berichtete. Panik brach aus. Dadurch wurden die Kinder erst recht aufmerksam, einige Erzieherinnen versuchten ziemlich kopflos, die Kinder wieder hinein zu scheuchen. Als dann auch noch die Mütter hinzukamen, war das Chaos perfekt. Ich stand derweil ganz ruhig neben meinem Sohn. Bald darauf gingen wir gemeinsam wieder nach Hause, die Polizei war inzwischen verständigt.

Später erfuhr ich von einer Mutter, dass viele Kinder noch wochenlang Albträume hatten.

Es wundert mich immer wieder, wie gut Kinder vernünftige Erklärungen akzeptieren können. Das setzt allerdings voraus, dass die Erwachsenen die Kinder nicht mit ihren eigenen ungelösten Emotionen überfluten.

Die Spinne

Dieses kleine Ekelwesen ist ein widersprüchliches Symbol. Im christlichen Raum ist es ein Synonym für Sünde und Verderben. Im indischen Raum ist das Netz, das die Spinne zum Fangen ihrer Beute webt ein Symbol für kosmische Ordnung. In Afrika gar ist sie die Schöpferin von Sonne, Mond und Sternen, die das Leben auf der Erde erst möglich gemacht hat. Im antiken Griechenland weben die Nornen mit dem Faden der Spinne unser Schicksal. Wenn wir sterben, wird er abgeschnitten.

Die Lakota Indianer benutzen heute noch Traumfänger, speziell konstruierte, meist runde Netzgebilde, die die bösen Träume fangen und nur die guten durch die Löcher lassen. In der Medizin hat die Arachnoidea, Spinnengewebshaut, die Funktion, das Gehirn und das Rückenmark innerhalb des Flüssigkeitskissens zu schützen, eine Membran, die zwischen festem Knochen und weicher Gehirnmasse liegt - und wie ein Spinnennetz aussieht. Konnten die Indianer das wissen?

Warum haben so viele Menschen Angst vor Spinnen?

Lina schwang auf ihrer Schaukel und versuchte immer wieder, den Zweig der Kirsche zu erreichen. Aber manchmal ist etwas unerreichbar, bis man älter ist und längere Beine hat. Sie ließ sich ausschwingen und stand auf. Sie erstarrte. Da war doch irgend etwas auf der Schulter, die Ahnung einer Bewegung, ein Schatten. Sie schaute vorsichtig dorthin und schrie. Im gleichen Moment wischte sie reflexartig mit der Hand die riesige Spinne weg. Es dauerte eine Weile, bis sie sich beruhigt hatte. Die Mutter, alarmiert von ihrem Schrei, kam aus der Küche gelaufen. Als Lina ihr von der Spinne erzählte, noch völlig aufgelöst, schimpfte die Mutter mit ihr. Sie hatte gedacht, es sei etwas Schlimmes passiert.

Jahre später wohnte Lina in einem Studentenwohnheim. Sie hatte mit TM, Transzendentaler Meditation, begonnen, angeregt durch eine Kommilitonin. Hinter dem Bett hatte sie eine Matratze hochkant gestellt. Sie saß auf dem Bett, als plötzlich eine große Spinne dahinter hervorkroch. Ein Blick, ein Schrei. Die Freundin, die nebenan wohnte, kam aus ihrem Zimmer, um zu sehen, was da los war. Lina war völlig aufgelöst und jammerte, da sei eine Spinne. Die Freundin nahm sie zunächst in den Arm, um Lina zu beruhigen. Dann erbot sie sich, die Spinne zu beseitigen, was sie auch tat. Nach einem kurzen Gespräch über die Schönheit eines Spinnennetzes, bedeckt mit Tautropfen in früher Morgendämmerung, und der Fähigkeit der Spinnen, ein Netz zu weben mit klebrigen und nicht klebrigen Fäden, hatte Lina sich wieder gefasst. Noch viele Male danach begegnete Lina Spinnen, ohne dass diese unangenehme Reaktionen auslösten.

Als sie begann, TAROT-Karten zu legen, für sich selbst und andere, tauchte die Spinne öfters auf. Lina deutete dies zumeist als: die Spinne spinnt ein Netz und will mich darin fangen. Ich zapple hilflos und warte darauf, gefressen zu werden.

Einmal legte sie die Kombination: Adler, Spinne, Maus. Dies deutete sie dahingehend: Ich bin die Spinne, die den Faden knüpft zwischen dem Weitblick des Adlers und der Genauigkeit der Maus. So verwandelte sich das Schreckgespenst zu einem gern gesehenen Symbol.

Als sie, kurz vor der Pensionierung ein Reihenhaus kaufte, erklärte ihr die Verkäuferin: „Ich habe furchtbare Angst vor Spinnen, daher habe ich alle Lüftungsöffnungen zugeklebt", entfernte Lina diese. Im Garten gab es Unmengen von Spinnen, meist kleinere, gelegentlich auch die eine oder andere große. Es war nicht unbedingt angenehm, aber sie lösten keine Angst mehr aus.

Während ich an diesem Buch arbeitete, machte eine Freundin eine schamanische Reise für mich. Sie erzählte mir, dass durch die Kriegserlebnisse der Vorbewohner der Herr der Finsternis dort sei. Schon öfters hatte meine Hündin angeschlagen, obwohl nichts und niemand zu sehen war. Ich vermutete, dass sie wohl einen Geist gesehen hatte. G. Erzählte weiterhin, dass viele kleine Erdwesen sich bemühten, die Erde zu reinigen. Sie führte ein Reinigungsritual durch und verabschiedete die Dunkelheit. Es hatte schon drei Jahre gedauert und ich hatte ebenfalls immer wieder Reinigungen durchgeführt. Die Wesen meinten, ich sei spirituell schon recht fleißig gewesen, nun sollte es besser werden. Inzwischen blüht es wieder im Garten und der Hund schlägt nur noch an, wenn andere Hunde vorbeigehen.

Buch III

Erlebnisse (der Körper)

Der Körper ist die Manifestation der Seele, der wichtigste und greifbarste Ausdruck unserer seelischen Schmerzen. Der Körper kann nicht lügen. Daher ist es möglich, ehrliche Antworten zu bekommen, wenn man bestimmte Fragen stellt und dies kinesiologisch testet. Jedes Organ hat seine seelische Entsprechung. Probleme mit den Nieren? Dann schau, wie dein Verhältnis zu deinen Eltern oder deinem Partner ist. Probleme mit den Augen? Was ist es, das du nicht sehen willst? Allergien? Gegen wen bist du allergisch? Wer hat dir so weh getan, dass du nicht weißt,wie du dich schützen kannst? Verzehrst du dich ständig nach Süßem? Dann schau, warum du die Süße des Lebens nicht fühlen kannst, weil du deine Energie darauf verschwendest, ständig nach dem Haar in der Suppe zu suchen, anstatt dein Leben zu genießen. Du hast dir den Fuß gebrochen? Wovor läufst du weg, indem du dich in zu viele Aktivitäten stürzt, dich nicht dem Problem stellst, sondern versuchst, es zu verdrängen?

Lunge: Leben oder nicht

Als ich geboren wurde, so erzählte meine Mutter, war ich „platt wie ein Pfannkuchen".

Die Geburt war sehr anstrengend für meine Mutter, da ich partout quer aus dem Mutterleib wollte. Während der Schwangerschaft hatte sie bereits eine Gestose gehabt. Fünf Jahre nach der letzten Geburt hatte sie eigentlich keine Kinder mehr haben wollen. Nach meiner Geburt wurde sie noch zwei Mal schwanger, zog es aber vor, diesen Föten frühzeitig den Weg in die Welt zu versperren. Auch ich habe zwei Mal eine Seele daran gehindert, sich vollständig zu inkarnieren.

Als ich dann endlich das Licht der Welt erblickte, dauert es einige Wochen, bis die Umstellung von fetalem Kreiskauf auf eigenständigen Kreislauf vollzogen war, die Lunge entfaltete sich nicht ordnungsgemäß. Ich war auch bereits zehn Tage überfällig gewesen. Hatte ich eine Ahnung, was mich erwartete? Meine Mutter erzählte mir einmal, sie habe mir schließlich gedroht. Es stellt sich die Frage, ob ich von mir aus nicht ins Leben gehen wollte, oder den Wunsch meiner Mutter internalisiert hatte? Denn sie wollte mich eigentlich auch nicht haben.

Es gab eine Zeit, da meinte ich, dass die Seele

meines verstorbenen Bruders G. beim Aufstieg und meine Seele beim Abstieg sich vermischt oder mindestens verständigt hatten. Habe ich deswegen im Tunnel mit ihm Kontakt aufnehmen können? Diese Frage lässt sich so nicht beantworten, zumindest noch nicht.

Man bangte etliche Wochen um mein Leben. Endlich normalisierten sich Herz- und Lungenkreislauf.

In den ersten Jahren hörte ich immer mal wieder auf zu atmen, insbesondere wenn ich einen Klaps bekam, weil ich anders wollte als meine Mutter. Da ich ein rechter Wildfang war, musste mir gelegentlich Einhalt geboten werden. Und so schwankte ich ständig zwischen der Neugier auf das Leben und der Verweigerung. Mein Vater wollte unbedingt noch einen Sohn, meine Mutter lehnte mich ab.

Bis zu meinem sechsten Lebensjahr wechselten Bronchitis, bis hin zur Lungenentzündung und Brustfellentzündung, Mandelentzündung und diverse Kinderkrankheiten sich ab.

Haare: Antennen zum Himmel

Mein Bruder D. starb durch einen Unfall, als ich sechs Jahre alt war. Es muss etwa um die Zeit gewesen sein, als mir der Zopf abgeschnitten wurde.

Ich spielte zu der Zeit gelegentlich mit dem Nachbarsjungen W., der in meinem Alter war. Seine Mutter wohnte ein paar Häuser weiter und besaß einen Friseursalon. Meine Mutter besuchte sie auf ein Schwätzchen. Uns Kindern wurde langweilig. W. schlug vor, Friseur zu spielen. Nachdem wir die Erlaubnis eingeholt hatten, seine Mutter uns noch ermahnte, keinen Unsinn zu machen, gingen wir in den Salon. W. bat mich, mich auf das Brett zu setzen, das quer über den Armlehnen lag, damit ich mich im Spiegel sehen konnte. Zu der Zeit hatte ich lange blonde Zöpfe, auf die meine Mutter sehr stolz war. W. Tat sehr selbstbewusst. Zunächst wollte er nur die Spitzen abschneiden. Mir war nicht wohl dabei, ich ahnte nichts Gutes. Ich spürte seine Bosheit. Schließlich gelang es ihm, mich zu überreden, mir einen Zopf abschneiden zu lassen. Noch ein wenig hier und da, fertig war die Frisur.

Wir gingen wieder hinüber. Als die Mütter sahen, was der Junge angerichtet hatte, wurden beide sehr wütend. Die Nachbarin tobte und schimpfte mit W., meine Mutter, wie es so ihre Art war, beschwichtigte.

Als wir jedoch zu Hause waren, schimpfte auch sie mich aus, und ich erntete eine Reihe von Schlägen. Der andere Zopf musste nun auch abgeschnitten werden. Und dabei war sie doch so stolz auf meine schönen langen Haare gewesen. Dabei traf mich keine Schuld, ich hatte mich nur nicht stark genug verweigert. Dennoch hatte ich intuitiv gespürt, dass der Junge mir schaden wollte.

Die Legende von Samson ist bekannt. Haare sind eine „kraftvolle Konzentration spiritueller Energien". W. hatte mir diese nehmen wollen. Für unser kindliches Verständnis war es ein Spiel mit unangenehmen Folgen. Doch gerade so kleine Kinder sind noch mit dem Spirituellen eng verbunden, sie mögen es nicht so ausdrücken können, dass Erwachsene es verstehen, aber sie wissen sehr wohl, was sie tun.

Mandeln: Wächter des Immunsystems

Außer den ständigen Lungenentzündungen waren meine Mandeln häufig geschwollen und schmerzten. Als ich schließlich ins Krankenhaus musste zur Entfernung, waren sie derart verwuchert, dass der Chirurg zwei Mal nachfassen musste, um die Reste zu entfernen. Gleichzeitig waren auch die Nasenpolypen dran. Es war sicher nicht hilfreich, dass die Krankenschwester mir am Abend zuvor erzählte, man würde eine große Spritze in meinen Bauch stechen, damit ich schlafen könne. Als ich nach der Operation aufwachte, fühlte sich mein Vater verpflichtet, sich beim Arzt zu entschuldigen. Ich war noch nicht ganz wach, bekam aber doch verschwommen mit, dass ich, noch in der Narkose, den Arzt und sein Personal wüst beschimpft hatte. Man hatte sich wohl recht despektierlich während der Operation über mich geäußert.

Meine Mutter hat sich des Öfteren operieren lassen. Sie erzählte einmal, dass sie sich während der Narkose von oben beobachtet hatte. Sie habe auch hören können, was die Ärzte sich erzählt hatten, den Raum mit den Menschen und Instrumenten genau wahrgenommen. Ihr Herzschlag hatte ausgesetzt, sie musste wiederbelebt werden, was auch gelang. Sie sei nur widerwillig wieder in ihren Körper geschlüpft. Daher habe sie keine Angst vor dem Tod mehr, es sei so friedlich gewesen, warm und hell, keine Sorgen, keine Ängste – nur Frieden.

Steißbein: Mutter Erde

„ (…) Dein äußeres Ego wird möglicherweise glänzen wollen; du tust so, als würdest du dich durch ein prahlerisches oder stolzes Verhalten, durch eine äußere Erscheinung, in einem Amt in hohem Maße beschützt und sicher fühlen. (…) Du verrätst deine eigene Natur, deine wahre Art, weil du dich eigentlich nur schwach und unsicher fühlst. Dein Wesen ist manchmal so kalt wie Eis, weil du dich nicht in Liebe dafür anerkennst, wer du bist. Du vergiftest dich mit einem unechten Leben. (…) Du verleugnest dein wahres Selbst. (…) Du findest dich nicht gut genug: Also versuchst du, jemand zu sein."

Christiane Beerlandt, Der Schlüssel zur Selbstbefreiung – Enzyklopädie der Psychosomatik, ISBN 9789075849417. (mit freundlicher Genehmigung des Verlags)

Mit zwölf Jahren wurde ich ins Internat abgeschoben, zumindest fühlte es sich so an. Wir wohnten mit jeweils sechs Mädchen auf einem Zimmer. Ich muss wohl eine ziemliche Arroganz zur Schau gestellt haben. Ich war verängstigt, wollte es aber nicht zeigen. Wie in jeder unfreiwilligen Wohngemeinschaft gab es auch hier Einweihungsrituale. Dazu gehörte ein Glas kaltes Wasser ins Gesicht während der Nacht. Die Anführerin unseres Zimmers war jedoch ziemlich erbost, als ich deswegen einen Aufstand machte, die die Gruppenleiterin aus dem Schlaf riss. Sie kam ins Zimmer und erteilte den anderen einen Rüffel, worüber ich mich insgeheim freute, die anderen Mädchen nur noch mehr gegen mich aufbrachte.

Das Mädchen sann darauf hin auf Rache. Sie schikanierte mich, wo sie nur konnte, bewarf mich mit wenig schmeichelhaften Schimpfwörtern und versuchte, alle anderen gegen mich aufzuhetzen. Wie das oft so ist, brachte sie die meisten auf ihre Seite. Lediglich eines der Mädchen nahm mich, unbemerkt von der Gruppenführerin, heimlich beiseite und erklärte mir die Regeln für das Zusammenleben.

Bis dahin hatte ich wenig Zeit in einer Gemeinschaft verbracht. In den vier Jahren zuvor, die wir in England lebten, hatte ich einem Mädchen aus der Nachbarschaft, die sich auf Wunsch der Eltern ein wenig um mich kümmern sollte, gleich zu Beginn unserer Bekanntschaft deutlich gemacht, dass sich eine Freundschaft nicht lohne, da ich in weiteren vier Jahren ohnehin wieder in eine anderes Land müsse. Dem Trennungsschmerz wollte ich mich gar nicht erst aussetzen. Beide Brüder waren inzwischen verstorben. Zur Beerdigung waren weder meine Schwester noch ich gegangen. Mein Vater wollte uns dies ersparen. Dadurch konnten wir uns nicht wirklich verabschieden. Lange Zeit verstand ich nicht, warum mein Bruder nicht wieder kam. Und es wurde uns verboten, meinen Bruder im Beisein meines Vaters zu erwähnen. Bis zum Tod meines Vaters blieb dies auch so.

Eines Tages riss sie mir den Stuhl weg, als ich mich setzen wollte. Da mein Steißbein etwas nach außen gebogen war, war dies nicht nur besonders schmerzhaft, sondern führte in der Folge zur Operation, wie bereits im Kapitel über Pferde erläutert. Das Mädchen wurde bestraft, alle erhielten Anweisung, mich in Ruhe zu lassen.

Da mein Vater einen gehobenen Posten beim Ministerium innehatte, kümmerte sich die Heimleiterin von nun an persönlich um mich. So genoss ich ab da besondere Aufmerksamkeit. Ich war der Meinung, dass sie mir zustand, ich war es ja so gewohnt.

Es waren schreckliche Jahre, an die ich mich heute noch ungern erinnere, auch wenn es bestimmt angenehme Momente gab.

Arroganz ist oft auf tiefgehende Minderwertigkeitskomplexe zurückzuführen, ein Kompensationsmechanismus, der einen noch tiefer in das Gefühl des abgelehnt Werdens hineinreißt.

Gallenblase: Wut

Beerlandt:(item)

„Leber und Galle spielen eine wichtige Rolle im Stoffwechselprozess (...) Im psychischen Spiegel dessen kann man Folgendes sehen: ‚das Reinigen, Abführen von giftigen Erfahrungen und Emotionen, das Ausscheiden von Negativität.' (...) Bitterer Schmerz und Trauer werden verarbeitet und vorwärts geschoben, losgelassen und in der Erde begraben. (...) Machtlose Wut, vielfach nicht geäußert. (...) Mit einem enormen Durchhaltevermögen hältst du bereits eine Zeit lang gegen, jetzt kommt eine unterdrückte Energie mit Bitterkeit um all der erlittenen Schmerzen willen nach oben."

Zwischen meinem fünfzehnten und zwanzigsten Lebensjahr lebten meine Eltern und ich in Athen. Mit einigen Freunden fuhr ich zum Strand. Einer der jungen Männer, die uns begleiteten, war

Soldat und gerade auf Urlaub. Er verliebte sich auf den ersten Blick in mich. Ich war siebzehn, er fünf Jahre älter. Er sprach nur wenig Englisch, meine Griechischkenntnisse reichten nicht aus für ausführliche Unterhaltung, aber Liebe versteht sich auch ohne Worte.

Wir tauschten über seine vermittelnde Kusine eine Reihe von Briefen aus. Da ich sehr streng behütet aufwuchs, war es schwierig, sich zu treffen. Aber Not macht erfinderisch. So mietete er von seinem sehr mageren Gehalt, in großen zeitlichen Abständen ein Hotelzimmer, in dem wir uns trafen. Ich wusste, wie wichtig es in Griechenland war, als Jungfrau in die Ehe zu gehen, also blieb ich zurückhaltend. Jahre später bedauerte ich sehr, dass er nicht mein Erster gewesen war.

Und wieder wurde ich verraten. Ein Schulkamerad hatte mich in der Stadt mit ihm gesehen. Die meisten Eltern, die im Ausland mit jugendlichen Kindern lebten, hatten Angst, ihre Kinder könnten sich in Einheimische verlieben. Nach dem üblichen Donnerwetter wurde mir der Umgang mit Niko verboten. Dieser hatte mich bereits seinem Onkel, einem General, der die Vormundschaft über Niko übernommen hatte, da dessen Eltern verstorben waren, vorgestellt. Wie ich später erfuhr, hatte dieser ihm dringend abgeraten. Ich war erst siebzehn und man wurde erst mit einundzwanzig volljährig. Meine Eltern hätten niemals in eine Ehe eingewilligt. Wir hätten also noch vier Jahre warten müssen. Wir waren verliebt und sahen die Schwierigkeiten nicht. Sein Onkel war ebenfalls nicht begeistert, denn er übersah natürlich eher, wie viel Schwierigkeiten es geben könnte in der Zukunft.

In Psychologielehrbüchern las ich, dass die Väter eifersüchtig wurden, wenn sich ihre Töchter in einen anderen Mann verliebten. Eine Weile klang das überzeugend. Die Gründe für das Verhalten meines Vaters waren jedoch gänzlich anders. Er hatte mehrfach mit deutschen Frauen zu tun gehabt, die sich im Urlaub in einen Griechen verliebt hatten. Diese prahlten mit ihren angeblichen Berufen: aus dem Bootsführer einer kleinen Fähre wurde der Kapitän eines großen Schiffes, und ähnliche Übertreibungen. Waren die Frauen erst verheiratet, so wohnten sie in einer kleinen Hütte auf dem Dorf mit den Schwiegereltern, die ihnen alles, was sie mitbrachten, wegnahmen. Sie wurden zum Aschenputtel. Dieses Schicksal wollte mein Vater mir ersparen. Erst viele Jahre später erklärte mir mein Vater sein Verhalten. Zu dem

Zeitpunkt hätte ich es ohnehin nicht verstanden, denn wenn man verliebt ist, glaubt man noch alle Schwierigkeiten überwinden zu können.

Es wurde immer schwieriger, sich zu treffen. Über die Kusine gelang es uns noch eine Weile Kontakt zu halten. Meine Eltern wachten gut über mich. Da ersann ich einen Plan.

An einem Freitag Nachmittag besprach ich meine Pläne mit meiner Freundin. Wir trafen uns in einem Café in der Stadt. Sie dürfe meinen Eltern nicht eher sagen, wo ich war, bis der Zug, der erst Stunden später fuhr, abgefahren war. Ich hatte eine mehrstündige Zugfahrt vor mir, um zu seinem Aufenthaltsort zu gelangen. Ich hatte keine genaue Adresse, wusste lediglich, dass er in Spata, einem kleinen Ort auf dem Peloponnes, bei seiner Schwester wohnte. Ich würde ihn schon finden. Eine kleine Tasche mit Wäsche zum Wechseln, mein Taschengeld und meinen Ausweis, mehr hatte ich nicht dabei. Und war davon überzeugt, er würde mich mit Freuden empfangen und ich würde für immer bei ihm bleiben.

Spät abends kam ich auf dem Bahnhof an. Mit meinen noch kümmerlichen Sprachkenntnissen fragte ich mich durch. Die Menschen waren ausgesprochen hilfsbereit. Man zeigte Verständnis für meine Situation. In einem Cafenion kannte man Niko. Jemand wurde geschickt, um Bescheid zu sagen. Gefühlte Tage vergingen, bis seine Schwester schließlich kam, um mich abzuholen. Niko war auf Manöver im Feld, ergab eine Anfrage in der Kaserne. 1970 waren die technischen Möglichkeiten noch nicht so ausgereift. Mit viel Mühe gelang es endlich, ihn zu erreichen.

So begann das Warten. Ich schlief in seinem Zimmer und habe fürchterlich gefroren. Es können nur wenige Grad über Null gewesen sein. Heizung gab es nicht.

Ich malte mir seine Freude über das Wiedersehen in schillernden Farben aus. Ich war zu allem bereit, um bei ihm zu sein. Ich verzichtete gern auf Abitur, auf Reichtum, auf Ausbildung, wenn ich nur bei dem Menschen sein konnte, der mich liebte. Elf Kinder hatte ich ihm versprochen. Liebe überwindet alle Hindernisse, so glaubte ich damals.

Spät am Sonntag Nachmittag war er endlich da! Das freudig erwartete Wiedersehen gestaltete sich ganz anders als in meinen Vorstellungen. Er wirkte bedrückt. Wir verbrachten einige Zeit in seinem

Zimmer, wärmten uns gegenseitig, tauschten auch erste Zärtlichkeiten aus. Schließlich schickte er mich mit dem Zug wieder nach Hause. Tränen flossen reichlich, ich verstand nicht, warum er das getan hatte. Erst nach einigen weiteren Beziehungen begann ich zu verstehen. Ich war so hungrig nach Zuneigung, nach Liebe, dass ich alles getan hätte, um mir dieses Gefühl zu sichern und fest zu halten.

Eines Nachts war ich wieder im Trance. Ich schrieb mühevoll alle seine Briefe ab, fügte eine kleine Notiz hinzu - es sei vorbei.

Die nächsten fünf Jahre weinte ich ganze Meere von Tränen, jeden Abend, wenn ich allein im Bett lag und darüber grübelte, warum er mein großes Opfer, das ich ihm anbot, abgelehnt hatte.

Einige Monate später wusste ich intuitiv, dass er jemanden gefunden hatte, die sein Leben mit ihm teilen würde. Seine Trauer begleitete mich noch Jahre später, wenn ich meinen Geist öffnete. Ich verstand nicht, welche Gründe zu seinem Verhalten geführt hatten, noch weniger, warum ich diese große Liebe beendet hatte.

Bald nach meiner Rückkehr bekam ich gesundheitliche Probleme. Der Arzt, der in Deutschland seine medizinische Ausbildung gemacht hatte, wollte mich gleich operieren, die Gallenblase sei entzündet, sie müsse entfernt werden. Meinem Vater gelang es, einen anderen Arzt ausfindig zu machen, ein alter Herr, der bekannt war für seine zutreffenden Diagnosen. Der Besprechungsraum war von Zigarettenrauch so vernebelt, dass wir ihn kaum ausmachen konnten, es stank nach Nikotin und seine Aschenbecher quollen über. Er bat schließlich meine Mutter, uns einen Augenblick allein zu lassen. Er erfuhr von meiner jüngsten Eskapade. Weitere Tests wurden gemacht, aber eigentlich stand die Diagnose für ihn bereits fest. Die Gallenblase sei völlig in Ordnung, ich habe nur Liebeskummer. Meiner Mutter entfernte man die Gallenblase, was zu erheblichen unangenehmen Nachwirkungen führte.

Wie ich später von meinem Vater erfuhr, war der andere Arzt dabei, seine eigene Klinik aufzubauen und brauchte noch Geld dafür.

Mir scheint, bis heute hat sich in dieser Hinsicht nicht all zu viel geändert.

Alles Leben unterliegt gewissen Rhythmen: Tag und Nacht, die Jahreszeiten, Brunftzeiten der Tiere, Leben und Sterben.

Bei den Menschen überlappen sich einige Rhythmen. Der Sieben-Jahre Zyklus spielt am Anfang die wichtigste Rolle.

Mit sechs Jahren starb mein Bruder G. Meine Schwester war damals sechs Jahre alt. Als ich sechs Jahre alt war, starb mein Bruder D., der damals dreizehn war. Der sieben-Jahre Zyklus konnte sich jeweils nicht vollenden. In einem Channeling erfuhr ich, dass er auf einem anderen Planten unserer Galaxie war.

Ich war fast einundzwanzig, als ich mit dem Studium begann, meine Schwester heiratete mit einundzwanzig. Mit siebenundzwanzig wurde ich schwanger. I. ist fünf Jahre älter als ich, meine Geliebten waren jeweils fünf Jahre älter als ich, wie auch der Vater meines Sohnes, und meine Schwester.

Es ließe sich diese Reihe von Wiederholungen beliebig erweitern.

In psychologischen Studien hat man feste Zeitpunkte feststellen können, an denen wichtige, manchmal lebensverändernde Ereignisse stattfinden. Drei, sieben, siebzehn, dreiunddreißig und vierundfünfzig sind solche markanten Lebensalter.

Laut Akasha-Chronik war in diesem Leben keine Heirat für mich vorgesehen.

Ein Wissenschaftler hat einmal die durchschnittliche Anzahl von Herzschlägen bei verschiedenen Lebewesen errechnet. Das Ergebnis war überraschend. Im groben Durchschnitt haben alle, sofern ihrem Leben nicht ein vorzeitiges Ende bereitet wird, in etwa die gleiche Lebensspanne. Mit anderen Worten, ein Kolibri lebt genau so lange wie ein Elefant oder eine Schildkröte. Dies hängt mit der Geschwindigkeit, der Intensität des Lebens zusammen. Penny McLean hat zu diesem Thema ein Buch geschrieben: „Das Geheimnis der Schicksalsrhythmen", das mich auf die Spur brachte.

Weiblichkeit

Beerlandt: (item)

„Die Gebärmutter ist das Mikro-Symbol für den göttlichen, uferlosen Kosmos, in dem sich fortwährend die Schöpfung vollzieht."

Vergewaltigung

Die Opfer von Inzucht und Vergewaltigung haben ein tiefes emotionales Trauma das scheinbar ihr ganzes Leben zerstört, und das scheinbar sehr schwer zu überwinden ist. Ein Kind wird mit diesem Trauma geboren. Die tatsächliche Vergewaltigung bringt das Trauma nur an die Oberfläche, damit es gelöst werden kann.

Etliche meiner Klientinnen haben mir von ihrer Vergewaltigung erzählt. Eine fünfzig Jahre alte Klientin wurde regelmäßig schon früh in ihrer Kindheit vom Vater sexuell missbraucht. Die Mutter verschloss davor die Augen. Nach dreißig Jahren Psychotherapie konnte sie stundenlang psychologische Erklärungen und Rationalisierungen zum Besten geben, emotional war die alte Geschichte immer noch akut.

Eine andere Klientin bat mich um Hilfe. Als ich die Vergewaltigung ansprach, die ich beim Scannen gesehen hatte, wehrte sie heftig ab. Das Thema sei längst gelöst, das habe bereits eine andere Heilerin aufgelöst. Die heftige Reaktion aber zeigte, dass hier gar nichts aufgelöst war. Wenn man heftig etwas bestreitet, oder ständig gefühlsbetont wiederholt, ist dies ein sicheres Zeichen, dass noch heftige Emotionen im Spiel sind. Wenn ein Thema wirklich gelöst ist, löst es keine Emotionen mehr aus.

Eine sechsundachtzig jährige Dame erzählte mir nach zehn Minuten, dass sie während der Flucht von russischen Soldaten missbraucht wurde. Dennoch hatte sie ein relativ normales Leben führen können, hatte eine große Familie und war weitgehend zufrieden mit ihrem Leben.

Eine Kommilitonin hatte permanent Angst vor Vergewaltigung, ging nirgends ohne Begleitung hin. Ihr Verhalten nahm zuweilen skurrile Formen an. Dann passierte es tatsächlich. Wenn man ständig ein Ereignis herbeiruft, wird es irgendwann passieren. Wenn wir ein Ereignis permanent mit gedanklichen Energien füttern, wird es sich irgendwann manifestieren. Wenn man einem Kind ständig erzählt, es sei dumm, wird es das lange Zeit glauben und sich entsprechend verhalten. Es gilt, sich von fremden Gedanken frei zu machen und eigene Entscheidungen zu treffen und die Verantwortung für das eigene Leben zu übernehmen.

Auch ich bin zweimal vergewaltigt worden. Trotz Messer an der Kehle konnte ich den Mann zunächst zweieinhalb Stunden hinhalten. Schließlich landeten wir doch im Stundenhotel. Der Mann hat möglicherweise nie wieder eine Frau gezwungen. Ich fing nämlich an zu bluten. Weder war es Zeit für meine Periode, noch war es der erste sexuelle Kontakt. Er bekam es mit der Angst zu tun, er könne sich angesteckt haben. Wobei AIDS damals noch kein wirkliches Thema war. Er begleitete mich sogar noch zur U-Bahn. Es war sanft, vielleicht weil ich mich körperlich nicht gewehrt habe. Wie so viele andere Opfer habe auch ich nie darüber gesprochen. Ich habe es so hingenommen, ein körperlicher Schaden war ja nicht entstanden. Ich trotzte ihm, da ich nicht gewillt war, mir meine Macht nehmen zu lassen.

Die Bewältigungsmechanismen, bzw. die Nicht-Bewältigungen, können sehr unterschiedlich ausfallen.

Für mich ist der wesentliche Punkt: der Täter sucht Macht, manchmal, aber nicht immer, aus dem Gefühl der Hilflosigkeit heraus. Dem kann man gegenübertreten, indem man ihm diese Macht verweigert. Es ist mir durchaus bewusst, dass das Thema sehr viel komplexer ist, aber hier ist nicht der Ort, sich damit auseinander zu setzen.

Frauen über Machtgier meist auf andere Weise aus. Mobben, bösartiger Tratsch sind eher weibliche Ausdrucksformen.

Nachdem ich mehrere Male einen Einblick in frühere Leben hatte, zog sich die Abgabe von Macht, die Opferrolle, durch alle Leben hindurch. In diesem Leben suchte ich mir ein Elternpaar aus, wo es mir nicht erlaubt war, meinen Gefühlen Ausdruck zu verleihen. Meine Mutter ist vermeintlich ein ganzes Leben hindurch Opfer gewesen. Mein Vater übte Macht aus.

Aus späterer Sicht stellte sich diese Konstellation allerdings etwas anders dar.

Die Opferrolle ist ein Machtinstrument. Da ich zu feige bin, offenen Widerstand zu leisten, flüchte ich in diese Rolle, um den Partner zu tyrannisieren. Die Macht, die mein Vater offen ausübte, war von Liebe und Fürsorge geprägt, auch wenn es oft Schläge hagelte, mit denen ich bestraft wurde. Als ich dies verstanden hatte, verschwand jeglicher Groll gegen ihn. Schon als Kind hatte ich immer das Gefühl, die Schläge seien gerechtfertigt, ich habe sie ihm nie übel genommen. Erst Gespräche mit anderen ließen mich viele Jahre glauben, dass mein Vater etwas „Böses" tat.

Die Seele, unser ureigenstes Selbst, hat meist nur die Möglichkeit, sich über den Körper auszudrücken. Ein Mangel an Selbstliebe kann sich in übertriebene Fürsorge für andere bemerkbar machen. Auf der spirituellen Ebene projiziere ich meine eigenen Bedürfnisse auf andere und versuche, diesen Mangel, dieses Bedürfnis geliebt zu werden, zu beheben. Die andere Seite der Medaille könnte Selbstvernachlässigung sein, oder aber Grausamkeit anderen gegenüber. Machtgier ist eine weitere Möglichkeit, wobei es uns frei steht, welche Ausdrucksform wir wählen. Doch erst, wenn wir uns den wahren Grund bewusst machen, können wir beginnen, das Trauma aufzulösen. Weder Verdrängung noch reine Rationalisierung sind geeignete Mittel dazu. Voraussetzung für dauerhafte Heilung ist die Bereitschaft, aus unserer Rolle zu schlüpfen und unser Leben selbstverantwortlich in die Hand zu nehmen.

Sterilisation

Auf Empfehlung meiner Schwester war ich einmal bei Mutter Meera, die als Inkarnation der

Jungfrau Maria gilt. Wir saßen alle im Schneidersitz auf der Erde. Es schien Stunden zu dauern. Jede/r Einzelne robbte auf den Knien nach vorne, legte die Hände auf Mutter Meeras nackte Füße und schaute ihr in die Augen. Endlich war ich dran. Ich merkte nicht viel, spürte eher die unendliche Liebe, die von ihr ausging. Ich robbte zurück auf meinen Platz.

Ein paar Jahre zuvor hatte ich mich sterilisieren lassen, mit zweiundvierzig Jahren wollte ich keine Schwangerschaft riskieren. Es war eine minimal invasive Durchtrennung der Eileiter.

Ich saß noch eine Weile, versunken in der Atmosphäre mit meinen eigenen Gedanken, als ich plötzlich im unteren Bauchbereich, links und rechts ein Plopp, Plopp, spürte. Ich wusste sofort, die Eileiter waren wieder durchgängig.

Es hat mich lange beschäftigt, nicht dass es passiert war, sondern warum.

Es musste einen Grund geben, dass eine indische „Jungfrau Maria" dies für nötig hielt. Vielleicht konnte nun die weibliche Lebensenergie wieder frei fließen? Bis heute habe ich keine plausible Erklärung gefunden.

Ganzheit

Wenn wir uns als multidimensionale Wesen be-greifen, wenn wir den tieferen Sinn in der Philo-sophie des Karma verstehen, können wir unser Leben wesentlich entspannter leben, die Wechsel-fälle des Lebens als Chance zum Wachsen, zum Begreifen verstehen, brauchen wir uns nicht mehr hilfesuchend an ein höheres Wesen wenden, das uns entweder etwas Schönes gewähren soll oder Es verdammen für irgendein Unglück.

Die Beschäftigung mit dem Buddhismus hat mich gelehrt: du bist selbst verantwortlich für al-les, was dir begegnet oder passiert, deine Seele lebt ewig und sucht ständig nach dem Nirwana, dem Nichts, und das kann nur in absoluter Liebe geschehen. Ich war gerade acht oder neun Jahre alt, als ich in einem meiner Tagträume sich mir die Frage stellte, in welcher Frequenz ich schwin-gen sollte, was ich eigentlich anstrebte, und ich ging in Gedanken andere Schwingungen durch, dargestellt als Sinuskurven, als ich beschlossen habe, ich wollte eigentlich gar keine Schwingung sein sondern mich vollständig auflösen. Da man mir sagte, ich sei im letzten Leben buddhistischer

Mönch in Japan gewesen, habe ich diese Erfahrung vielleicht mitnehmen können?

Buch IV

Heilung

Mein spiritueller Weg hat mich mit einer ganzen Reihe von Heilungstechniken bekannt gemacht. Nicht bei allen ist mir die heilende Wirkung bewusst geworden, doch hat jede Begegnung etwas bewirkt. Es ist nicht immer offensichtlich, heilt auch nicht sofort und dauerhaft die Krankheit. Heilung ist ein Prozess, der dauern kann. Es hängt mit Offenheit und Vertrauen zusammen, mit der Bereitschaft, ehrlich zu sich zu sein. Denn in vielen Fällen ist Krankheit auch Mittel zum Zweck.

Über João zum Beispiel wird gern folgende Geschichte erzählt, von deren Wahrheitsgehalt ich vollkommen überzeugt bin, insbesondere nachdem ich selbst in Brasilien war und Erstaunliches, ja Unmögliches, mit eigenen Augen beobachten und erfahren durfte.

Ein Mann aus dem Süden des Landes hatte Gelbsucht. Er war davon überzeugt, dass er bei João Heilung finden würde. Da er ein sehr armer Mann war, dauerte es einige Wochen, bis er in Abadiania, ganz oben im Norden des Landes ankam. Er war viel zu Fuß gegangen, hatte Mitfahrgelegenheiten genutzt, einmal hatte ihm jemand eine Zugfahrkarte geschenkt. Inzwischen war die Gelbsucht so weit fortgeschritten, dass seine Haut und seine Augen sich gelb, fast schon grün, gefärbt hatten. Endlich erreichte er die Heilungsstätte. Noch im Vorraum, also noch bevor er João gesehen hatte, wurde seine Haut immer heller, die Skleren wieder weiß.

Zu der Zeit, als ich dort war, arbeitete er als ehrenamtlicher Helfer, und das bereits seit vielen Jahren.

Glauben versetzt Berge, heißt es bei uns. Ein eindrucksvolles Beispiel!

Transzendentale Meditation
Maharishi Mahesh Yogi

Mit einundzwanzig begann ich mit Transzendentaler Meditation nach Maharishi Mahesch Yogi, das war 1974. Nach dem Einweihungsritual bekamen wir die Anweisung, jeweils morgens und abends zwanzig Minuten mit einem Mantra zu meditieren. Ich meditierte also zwei Mal am Tag, manchmal alleine, manchmal mit einer Studienkollegin zusammen. Alle drei Monate sollten wir zur Überprüfung wieder ins Zentrum gehen. Nach einer gewissen Zeit begann ich mich merkwürdig zu fühlen, so als ob ich mich aus der realen Welt entfernte und immer weniger ich selbst war. Die Überprüfung fand statt. Der Lehrer sagte, ich sei zu empfindlich und ich solle auf jeweils zehn Minuten reduzieren, was ich auch tat.

Als ich nach etwa einem Jahr einer aus der Gruppe begegnete, schien sie mir immer verrückter zu werden, sie entfernte sich zunehmend von der Wirklichkeit, sah ständig überall Wesen, sie verlor sich quasi in einer Welt, in die ich ihr nicht folgen wollte. Als sie zunehmend psychotisch wurde, begann ich zu zweifeln. So wollte ich nicht werden. Dennoch machte ich weiter.

An einem Wochenende dufte ich an einem weiterführenden Seminar, einem Siddhi-Kurs teilnehmen. Als ich meinem Lehrer erzählte, dass ich während der Ruhephase in meinem Zimmer starke Energien gespürt habe, und ein unregelmäßiges Poltern, wobei das Poltern einen höheren Energiestoß verursachte, lachte er. Direkt über meinem Zimmer übten die Schüler das Fliegen. Davon hatte ich schon gehört: Levitation. Mit Hilfe einer speziellen Technik gelang es einigen, sich tatsächlich im Meditationssitz vom Boden zu erheben. Während einer Zusammenkunft am Abend, an dem alle Schüler anwesend waren, hatte ich zunehmend das Gefühl, alle negativen Gedanken konzentrierten sich auf mich, ich zog sie an wie ein Magnet. Es war mir wohl bewusst, dass nicht alle diese Gedanken meine eigenen waren, es waren einige sehr hässliche darunter, aber ich war nicht in der Lage, sie zurück zu weisen. Endlich fiel einem Lehrer meine Bedrängnis auf und machte dem ein Ende. Es ist schwierig zu beschreiben, wie diese multiversale Welt funktioniert. Mich erinnert es an die Borg aus der Science fiction Serie Star Trek. Wenn jeder die echten Gedanken aller anderer lesen könnte, würden wir vielleicht anfangen, ehrlicher miteinander umzugehen. Da wäre kein Platz für Lügen, Geheimnisse, für Tratsch, so meine Überlegungen. Und es fühlte sich gut an, diese Ehrlichkeit. Wie einfach alles wäre!

Mein normales Leben lief parallel weiter. Ich beendete mein Studium, ich bekam schließlich einen Sohn, heiratete, wurde nach einem Jahr geschieden. Da ich zunächst keine Anstellung fand, machte ich eine weitere Ausbildung zur Betriebswirtin und begann nach Abschluss zu arbeiten.

Tibetisches Zentrum
Geshe Thubten Ngawang

1984 zog ich in die Nähe des Tibetischen Zentrums in Hamburg-Farmsen. Ich wohnte einige Jahre Meditationsabenden bei, beteiligte mich am Bau einer Stupa. Die Rituale waren mir jedoch sehr fremd: die Verneigungen, das Läuten der Glocken, die für meine Ohren sehr fremde Musik, das Anbeten einer Gottheit. Ich verstand vieles nicht. Ich erteilte dem Geshe Thubten Ghawang eine Zeitlang Englisch Unterricht, dolmetschte bei einem Vortrag. Ich war bei der Einweihung der Stupa dabei, durfte auch ein Geschenk überreichen – und doch blieb mir alles letztlich fremd. Als ein sieben Jahre dauernder Kurs, zum Erlernen der tibetischen Sprache angeboten wurde, bewarb ich mich, wurde aber abgelehnt. Daraufhin verlor ich endgültig das Interesse.

Was mich am meisten beeindruckt hat, war die fehlende Ausstrahlung des Meisters. Viele Menschen haben eine mehr oder wenige starke Ausstrahlung, insbesondere solche, die Macht über andere ausüben. Bei Geshe spürte ich gar nichts. Es hat mich viele Jahre beschäftigt, warum das so ist. Große Meister haben nicht mehr den Wunsch, andere Menschen in ihrer Entscheidungsfreiheit zu beeinflussen.

Phasen, die dem realen Leben gewidmet waren, wechselten immer wieder mit solchen, in denen ich „zufällig" auf Spirituelles gestoßen wurde. Ich nahm diese Anregungen auf. Manchmal war es ein Buch, das aktuelle Fragen beantwortete, mal ein Mensch, der mich mit zu einer Veranstaltung nahm, ein anderes Mal wieder eine kleine Begebenheit, die mich neugierig machte. Während der Jahre, die ich mit tibetischer Meditation verbrachte, fiel mir auf, dass diese Phasen einem Rhythmus folgten. Etwa eineinhalb Jahre war ich mit dem spirituellem Leben beschäftigt, bevor ich mich wieder eher weltlichen Angelegenheiten widmete. Einmal überschlugen sich die Ereignisse derart, dass ich um Aufschub bat, es wurde mir zu viel, ich bräuchte Zeit zum Verarbeiten. Ich wandte mich an das Universum, keiner Gottheit. Ein anderes Mal wieder wurde mir langweilig. Meine Wünsche wurden prompt erhört.

Centers Network,
Landmark Education

Eine Freundin nahm mich mit zu einer Veranstaltung von Centers Network, das später zu Landmark Education wurde. Da keinerlei Zwang dahinter steckte, man Kurse besuchen konnte oder auch nicht, wehre ich mich gegen der Vorwurf „Sekte". Die Kurse waren reeuer, aber man hatte uns gesagt, wenn wir wirklich am Kurs teilnehmen wollten, würde das Geld schon auftauchen. Und so war es auch. Insgesamt war es beeindruckend, wie viele unserer Illusionen sich in Nichts auflösten.

Eine bildhübsche junge Frau meldete sich sehr zaghaft, nachdem kurz vor Ende einer längeren Sitzung gefragt worden war, wer seine Gedanken noch nicht mitgeteilt hatte. Sie wurde gebeten aufzustehen. Sie war bereits in Tränen aufgelöst, hatte feuchte Hände und wurde rot, sie habe solche Angst, sie könne nicht vor Publikum sprechen. Die Seminarleiterin sagte nur, dass sie es doch bereits täte, wieso sie behauptete, sie könne es nicht. Eine andere junge Frau erzählte von ihrem

Liebeskummer. Es stellte sich heraus, dass sie nicht wirklich einen Partner suchte, sondern in das Verliebt-Sein verliebt war. Unsere Illusionen wurden durchschaut. Das hält nicht jeder aus, aber wir hatten uns vor Beginn des Seminars verpflichtet, die Verantwortung für uns selbst zu übernehmen. Wenn es jemandem sehr schlecht dabei ging, wurde die Person zu einem persönlichen Gespräch gebeten, und eine Lösung gefunden.

Ich musste einmal als Assistentin einige Merksätze in der Pause an die Tafel schreiben. Es wurde im gesamten Kurs präzise auf absolute Perfektion geachtet. Meine Zeilen gerieten, trotz Lineal, leicht schief. Der Leiter befahl mir, diese aus zu wischen und neu zu schreiben. Ich wurde wütend. Es sei doch lesbar. Keine Gnade, kein Streit, keine Diskussion. Er sagte nur: „Komm runter". Als ich mich beruhigt hatte, schrieb ich alles noch einmal, diesmal sauber und ordentlich und gerade. Um das Lineal gerade zu halten, musste ich einen Kursteilnehmer bitten, mir zu helfen. Lektion gelernt!

An meinem ersten Wochenende waren wir alle, etwa achtzig Menschen jeden Alters, jedes sozialen Status, jedes Bildungsniveaus in einem großen Saal in Zehner-Reihen, mit einem Gang in der

Mitte versammelt. Jeder, der sich äußern wollte, musste sich erheben und auf das Mikrofon warten. Es wurde gefragt, wer als Erstes sein Problem vortragen wolle. Ein sehr junger amerikanischer Austausch-Student meldete sich.

Er war in einem methodistischen Umfeld aufgewachsen. Sex sei ein absolutes Tabu-Thema gewesen. Er sei erstaunt, über den freien Umgang miteinander. Er druckste herum, wurde rot, bis er endlich sein Problem gestand: er wisse nicht, ob er schwul sei. Ein Mädchen hätte Interesse gezeigt, aber er weiche jeder körperlichen Berührung aus. Es stellte sich heraus dass er im Alter von dreizehn Jahren mit einem gleichaltrigen Jungen hinter der Kirche erwischt worden war, als die beiden sich ihre Geschlechtsteile zeigten. Das habe einen Aufruhr in der Gemeinde nach sich gezogen.

Er wurde auf die Bühne gebeten. Die Leiterin fragte ihn, was er gestern zum Frühstück gehabt habe. Keiner im Saal verstand, was diese Frage sollte. Er gestand, Orangensaft, Kaffee, und ein Toastbrot. Und was habe er mit dreizehn Jahren hinter der Kirche gemacht? Ihm war es so peinlich, er begann zu schwitzen, wurde rot und wand sich förmlich. Schließlich erzählte er es ganz leise der Leiterin. Diese ermunterte ihn jedoch, es so laut auszusprechen, dass alle im Saal es hören könnten. Der ganze Saal litt mit ihm. Nachdem diese zwei Fragen ein paar Mal hintereinander gestellt worden waren, begannen einige wenige schon zu lachen. Als der arme Student dann auch noch vor die erste Reihe treten und jedem die Hand geben, seinen Namen sagen und erzählen musste, dass er sich mit dreizehn Jahren hinter der Kirche befummelt hatte, fanden einige von uns das sehr grausam. Die in der ersten Reihe saßen, waren zuvor ausdrücklich darauf hingewiesen worden, keine Miene zu verziehen, sein Geständnis so hinzunehmen, als erzähle er vom Wetter. Als er jedoch etwa bei der sechsten Person angekommen war, fing er plötzlich an zu begreifen. Der nächsten Person erzählte er seine Geschichte bereits, ohne dass es ihm peinlich war.

Am nächsten Morgen kam er so freudestrahlend in den Saal, dass offensichtlich war, dass er seine erste sexuelle Erfahrung gemacht hatte.

Die Seminarleiterin erklärte, dass wir Ereignissen, die zeitlich weit zurück liegen, manchmal so viel Bedeutung beimessen, dass sie unser ganzes Leben überschattet. Carpe Diem ist mittlerweile zum Schlagwort geworden. Ein buddhistischer

Mönch lernt, sich auf den aktuellen Moment zu konzentrieren, die Vergangenheit ist vorbei, sie lässt sich nicht mehr ändern und die Zukunft kommt auch ohne unser Zutun. In einer Fernseh-Sendung über esoterisch/spirituelle Praktiken, wurde ein Mönch befragt, was er gerade tue. „Ich gehe." Will heißen, konzentriere dich auf den Augenblick und auf das, was du gerade tust. Das Lesen der Akasha Chronik zeigte mir, dass ein Großteil unseres Lebensweges bereits mit der Geburt vorgezeichnet ist, letztlich die Frucht unserer vorherigen Lebens ist. Das nennt man Karma.

Prana Heilung
Master Choa Kong Sui

Bereits seit etwa dreißig Jahren beschäftigte ich mich schon mit verschiedenen Heilungsmethoden. Jede hatte etwas für sich, einige gehen mir inzwischen aber nicht weit genug. Was nützt es mir, für einige Stunden oder Tage schmerzfrei zu sein, damit ist der Ursprung des Problems nicht gelöst und somit die Heilung auch nicht dauerhaft. Manchmal verlagert sich das Problem lediglich auf ein anderes Organ.

Ich hatte als Kind rein intuitiv Schmerzen gelindert, Blutungen gestoppt mit der Kraft meiner Gedanken. Ich hatte viele Jahre anderen Menschen, und mir selbst natürlich, Tarot-Karten gelegt. Damit war Schluss, als eine Dame, die zu mir gekommen war, mir quasi die Verantwortung für ihr Leben aufbürden wollte. Sie ginge jede Woche zu ihrer Kartenlegerin, die ihr dann anhand der Karten Anweisungen für ihr Leben gab. Die Dame zählte bereits dreiundfünfzig Jahre.

Ich hatte eine Heilpraktiker-Ausbildung gemacht, Bach-Blüten empfohlen, Homöopathie war mir letztlich zu kompliziert, ich hatte Aura-Soma genommen und empfohlen. Als ich, mal wieder zufällig, auf Prana-Heilung stieß, dachte ich: endlich eine Technik, an der ich mich orientieren kann. Ich war und bin bis heute kein Mensch, der sich gerne an feste Regeln hält, insbesondere dann nicht, wenn sie für mich keinen Sinn ergeben. Aber diese Technik konnte ich mir gut vorstellen.

Ich besuchte also den Einführungskurs. Der Lehrer hatte bei Meister Choa Kok-Sui persönlich gelernt. Interessante Erfahrungen waren inbegriffen.

Einmal, am Ende der Sitzung, sollten wir noch mal meditieren. Er beendete die Unterrichtseinheit und ich konnte nicht aufstehen. Ich war ab Taille nicht mehr vorhanden. Es war ein eigenartiges Gefühl. Er empfahl mir, mich in die Beine zu kneifen, laut zu sprechen und daran zu denken, in die weltliche Realität zurück zu kehren. Es dauerte, bis ich diesen Schritt vollzog, konnte danach aber immerhin wieder meine Beine fühlen und aufstehen.

Nach Abschluss dieses Kurses trafen wir uns einmal im Monat bei mir, zum Üben und Besprechen. Dies lief recht gut, wir bekamen ein gutes Gefühl, wie wir vorgehen mussten. Bei einer Übung sollten wir scannen, anschließend reinigen und saubere Energien wieder hineingeben. Wenn ich „heile", befinde ich mich in einem anderen Bewusstseinszustand. (Wobei ich mir sehr bewusst bin, dass nicht ich heile, sondern nur den Anstoß zur Selbstheilung gebe.) Scannen, reinigen und Energie geben ist in Ordnung, für die tatsächliche Heilung ist jedoch immer der Klient selbst zuständig und verantwortlich.

Ich fühlte, dass ich jetzt von vorne und von hinten die Hände bewegen musste, was ich auch tat.

Beim anschließenden Erfahrungsaustausch erzählte ich ganz unschuldig, ich hätte mit beiden Händen das Solar-Plexus-Chakra gereinigt, „wie eine Klobürste". Der Leiter wurde sehr wütend: das darfst du noch nicht, das ist nur Fortgeschrittenen erlaubt. Ich verstand die Welt nicht mehr. Denn die Kollegin hatte es als sehr wohltuend empfunden.

Dieser junge Mann wurde wenig später aus der Gemeinschaft ausgewiesen, sein Verhalten war auch in anderen Fällen nicht akzeptabel.

In meinen Flyern bot ich unter anderem auch Prana-Heilung als Methode an. Mein Lehrer aus dem Einführungskurs verpetzte mich bei dem Leiter für ganz Deutschland, einem Inder, woraufhin ich einen Text auf den Anrufbeantworter abhörte, dass es mir verboten sei, Prana-Heilung anzubieten. Wenn ich dies weiterhin täte, würde er mich verklagen. Es sei ein geschützter Begriff. Was nicht stimmte.

Insgesamt ist diese Methode sehr gut, für mein Verständnis in sich schlüssig.

Meine persönlichen Erfahrungen mit diesen beiden Herren machte mich jedoch nicht geneigt, diese Technik offiziell weiter zu lernen. Mir wurde das System viel zu kompliziert, ich dachte, es müsse auch einfacher gehen.

Beibehalten habe ich das Prinzip des Scannens der Aura und die Reinigung, sowie das Angebot frischer, sauberer Energien, tue dies jedoch auf meine ganz eigene Weise, nicht streng nach Vorschrift, sondern so, wie meine Intuition es mir eingibt.

Mexiko

Rutilio

Als ich das erste Mal, mit fünfzig Jahren, nach Mexiko flog, hatte ich bereits ein an Lebenserfahrung reiches Leben hinter mir. Ich war mit vierundvierzig arbeitslos geworden und jobbte nunmehr ein bisschen hier und da. Mit einem Rest Geld aus der Erbschaft dachte ich: OK, wenn du jetzt sowieso keinen Job mehr kriegst, kannst du auch den letzten Rest verbrauchen und noch eine schöne Reise machen, danach ist Verzicht angesagt.

Ich buchte also meinen Flug und fuhr los. Schon immer war ich innerlich mit den Maya verbunden gewesen, die Azteken fand ich schrecklich, und die Inka spielten keine Rolle, waren neutral. Es war eine Eingebung, nach Playa del Carmen zu fahren, in der vagen Hoffnung, irgendwelchen Schamanen zu begegnen.

Ein traumhaftes Hotel, Sonne, und das übliche Nebeneinander von Touristen-Reichtum und bitterster Armut, hygienisch, fast steril im Hotel, und gleich um die Ecke verfallene Gebäude und stinkende Müllberge. Den ersten Tag musste ich im Bett verbringen, mir war beim Frühstück schlecht geworden, wohl ein Hitzschlag.

Also auf nach Chichén Itzá. Im Reisebus fragte ich den Reiseführer, offensichtlich spanischer Abstammung, ob er wisse, wie und wo ich einen Schamanen finden könne. Abwehrend und irgendwie peinlich berührt, leugnete er, darüber etwas zu wissen. Am Abend vorher hatte ich bereits bei einem kleinen Rundgang in dem Viertel der Einheimischen, wo es überaus sichtbar wesentlich ärmer zuging, einen Restaurant-Inhaber danach gefragt. Der Engländer verwies mich an seine einheimische Frau, die könne etwas wissen, er würde sich melden, er werde sie fragen. So war ich auch nicht sonderlich überrascht, dass der Reiseleiter davon nichts wissen wollte. Ich spürte allerdings, dass er nicht ganz ehrlich war, und dass irgendetwas an meiner Frage scheinbar unangenehm für ihn war. Auf meine Frage kam ein blitzschnelles Nein, es schien, als habe er Angst, dass jemand ihn hörte.

Diese Angst war mir nicht neu. In Brasilien war João auch Jahrzehnte lang von der Polizei belästigt worden, er hat sogar im Gefängnis gesessen.

Heilen darf nur GOTT, bzw. stellvertretend die Kirche. Während bei uns Heiler als völlig nutzlos, ja, meist sogar schädlich von der etablierten Ärzteschaft angesehen werden, so übernimmt in Südamerika die katholische Kirche diese Rolle. So wie viele Vertreter der katholischen Kirche schon gute Arbeit geleistet haben, indem sie alles natürliche Wissen unterdrückt hat als Aberglaube, das mit Stumpf und Stil ausgemerzt werden muss, damit nur sie im Besitz der alleinigen Weisheit ist, das alleinige Recht auf Allwissenheit hat. Doch die Menschen dort wissen sich zu wehren. Sie hängen Bilder christlicher Heiliger, von Jesus, einfach neben ihre eigenen Götter.

Was bedeuten diese Bilder, was die Verehrung von Menschen im Christentum, den vielen Göttern im Hinduismus, von Buddha?

Wir hängen uns Fotos unserer Verwandtschaft auf, oder von Pop-Ikonen, oder von dem Auto, das wir gerne hätten. Die Sehnsucht nach etwas, das wir verehren können, das größer oder erfolgreicher oder teurer ist, als wir es uns leisten können, scheint groß zu sein.

Die Kehrseite, nämlich, dass wir uns damit selbst erniedrigen, ist uns nicht bewusst.

Auch im Hotel hatte ich eine verneinende Antwort bekommen und gespürt, dass man so etwas nicht fragt. Sehr eigenartig. Es musste doch Schamanen geben, Abkömmlinge der Maya. Das war doch in erster Linie der Grund für meine Reise.

Ich hatte mich einer geführten Reisegruppe angeschlossen. In Chichén Itzá angekommen, gingen wir also auf die Anlage, und die Gruppe zerstreute sich. Ich versuchte immer wieder, hinein zu spüren, aber die Energiemuster waren dermaßen chaotisch, dass nur an einigen abgelegenen Stellen ein Hauch der alten Mystik erahnbar war.

Vielleicht eine Stunde später fiel mir zum wiederholten Male auf, dass der Reiseleiter mich immer wieder beobachtete, wie ich so dastand und in mich ging. Es war sehr heiß und ich fühlte gelegentlichen Schwindel, was ich auf die Hitze zurückführte.

Jahre später erhielt ich eine andere Interpretation für diesen Schwindel.

Als ich so alleine dastand und in mich hineinfühlte, ob ich etwas von den alten Energien fühlen könne oder ob sich etwas in mir regte, kam der Reiseleiter, Juan, auf mich zu. Er sah sich immer wieder um, sicherte sich ab, dass niemand in meiner Nähe war. Da kommen natürlich bestimmte Gedanken auf. Er kam dann auf mich zu, fragte mich, ob ich etwas spüren könne. Als ich ihm erklärte, dass es schwierig, wenn nicht gar unmöglich sei, in diesem Trubel alte Energien zu spüren, nickte er wissend (?), und ging. Das machte mich stutzig, aber ich hatte anderes im Kopf.

Die Fittesten kletterten die 128 Stufen zur Spitze der Hauptpyramide hinauf. Alles in mir sträubte sich, ich konnte nicht hinaufgehen. Statt dessen stand ich unten und überlegte, wie die Priester wohl nach oben gekommen waren.

Ich hatte das nie gesehen. Ich erinnerte mich nur, dass ich mit einigen anderen die Stufen hinaufgegangen war und sich dort etwas Grauenhaftes abgespielt hatte, ich sah das Blut die Stufen hinunter fließen und schauderte.

Auf dem Ballspielplatz "sah" ich das Spiel. Die landläufige Erklärung, dass zwei Mannschaften einen Stoffball durch ein steinernes Loch an der Mauer hatten werfen müssen, um die Götter zu ehren, und der Anführer der Verlierer seinen Kopf opfern musste, stimmte irgendwie nicht. Diese Erklärung machte für mich keinen Sinn. *Das war doch ganz anders!*

Und wieder kam Juan auf mich zu. Er sagte mir, dass einer der Inhaber eines Andenken-Ladens vor der Anlage vielleicht etwas über einen Schamanen wisse, gab mir auch noch einen Namen und wo ich den Verkäufer finden könne. Auf dem Weg nach draußen, während die anderen Reisenden ihre Souvenirs kauften, zeigte er mir verstohlen den entsprechenden Laden. Ich ging also hin, fragte Hilberto nach einem Schamanen. Ja, er kenne einen, er würde mich hinfahren und übersetzen, wenn ich wolle.

Nach Besichtigung und Essen ging der kleine Ausflug weiter. Ein tiefes Loch in der Erde (Cenote) mit kristallklarem Wasser, in das Pflanzenwurzeln vom Rand hineinragten und wir durften sogar darin baden! Ich war nie eine große Schwimmerin, da mein Bruder bei der Taufe meiner Kusine im See ertrunken war und dieses Trauma immer wie ein Schatten über unserer Familie gehangen hatte, aber dennoch sprang ich hinein. Das Wasser war relativ kalt, aber weich und so klar, dass man bis auf den etwa 100m entfernten Boden sehen konnte. Vielleicht hätte ich es wirklich genießen können, wenn meine Angst zu ertrinken, mich nicht daran gehindert hätte. Später erstand ich noch einige Souvenirs, und wir fuhren zurück.

Zwei Tage später musste ich also noch einmal die anstrengende Reise nach Chichén Itzá machen. Am Souvenirladen angekommen, war niemand zu sehen. Zunächst wusste keiner, wo der Ladeninhaber, Hilberto, war, vermutlich zu Hause. Benachrichtigen könne man ihn auch nicht. Nein, Telefon habe er keins. So saß ich fast zwei Stunden am Fuße der Tempelanlage vor der Mauer und betete, dass er noch rechtzeitig vor Abfahrt des Busses zurück zum Hotel kommen möge. Ich wusste nicht, dass ein Kollege von ihm jemanden geschickt hatte, um Hilberto Bescheid zu geben. Schließlich gab ich auf. Schade, hat nicht sollen sein. Gerade als ich aufstehen will, um mit dem Bus die vier Stunden Rückfahrt anzutreten, steht er hinter mir und macht mir Vorwürfe, er habe den ganzen gestrigen Tag auf mich gewartet, überall nach mir gefragt und ich sei nicht gekommen. Später erfuhr ich, dass an diesem Tag der Bruder des Schamanen gestorben war. Er ließ mich von einem Taxi in sein Haus bringen, er wolle noch etwas erledigen in seinem Laden, er käme dann nach. Offensichtlich war es für ihn unangenehm, eine Touristin zu sich nach Hause einzuladen, und dann auch noch zu einem

Schamanen zu bringen.

Ich wurde herzlich von seiner Frau willkommen geheißen und bewirtet, Hilberto kam etwas später nach. Die Kinder wurden mir vorgestellt, seine Lebensgeschichte erzählt. Er war sehr stolz darauf, dass er es geschafft hatte, sich ein schönes Haus aus Backstein mit vier oder fünf Zimmern bauen zu können und hatte große Pläne für seine Kinder, die alle zur Schule gingen, sogar das Mädchen. Das war in der Tat eine beachtliche Leistung.

Auf der anderthalb-stündigen Autofahrt zum Schamanen Rutilio fragte ich ihn, ob er denn nie zu einem „curandero" ginge. Nein, er gehe lieber zum Arzt. Nur ganz kleine Kinder, wenn die Ärzte nicht helfen konnten, brächte man schon mal zu einem Heiler. Die katholische Kirche macht den Menschen Angst, zu einem Menschen zu gehen, der trotz aller Repressalien uraltes Wissen bewahrt hat.

Diesem Phänomen bin ich auch in Deutschland begegnet. Bei einem lokalen Gruppentreffen, der die Bewunderung, ja Verehrung eines deutschen Heilers, der während des zweiten Weltkriegs viele Einzel- und Massenheilungen bewirkt hat, zum

Gegenstand ihres Wunsches, ihre eigene Bedeutung zu erhöhen, zum Gegenstand hat, stellte ich mich als Heilerin vor. Betretene Blicke, Ausweichen, Ignorieren, wieso mieden mich die Menschen plötzlich? Eine Dame endlich hatte den Mut, mich anzusprechen. Heilen könne nur GOTT. Man müsse Jesus um Fürsprache bitten.

Engstirnigkeit konnte ich noch nie leiden. Aber natürlich hat nicht jeder die Möglichkeit, über den Tellerrand schauen zu können. So international wir uns heute geben, Dummheit und Unwissenheit sind überall vertreten. Ebenso wie Klugheit und Liebe zur Schöpfung, wenn sie auch unterschiedliche Formen annehmen mag.

Wir fuhren also los, ca. anderthalb Stunden in einem klapprigen Laster, das Benzingeld musste ich ihm vorweg geben, er hatte kein Geld dafür, durch den mexikanischen Urwald. Wir kamen durch eine sehr schöne Stadt, Merida, mit einer berühmten spanischen Kathedrale und einer gepflegten Parkanlage, überall schienen Bettler herumzulungern, weiter ging es auf Schotterwegen mitten durch den Busch. Gelegentlich sah man kümmerliche Hütten mit sehr armen Menschen, den echten Nachfahren der Maya, die nichts besaßen außer ihrem kleinen Stück Land, einer winzigen Hütte (das Leben spielt sich bei den Temperaturen ohnehin meist draußen ab), und einem, meistens jedenfalls, frohen Gemüt.

Wir mussten eine ganze Weile im Ort, mitten in der Wildnis gelegen (ca. siebzig km von Chichén Itzá aus), herumfragen, fanden dann schließlich seine Nichte, die uns warten hieß und ihm Bescheid geben wolle. Er sei im Moment auf der Beerdigung eines Verwandten, wisse aber, dass wir kämen (Buschtrommel? Hellsicht?)

Wieder Warten. Endlich kam er und bat uns nach einer Weile in sein Behandlungszimmer, etwa so groß wie mein Badezimmer. Rechts stand ein knallrotes Sofa. Links waren die Wände halbhoch von unten hellblau gestrichen, die obere Hälfte weiß. Eine an der Wand angebrachte Betonplatte diente als Ablage, auf der sich Plastikbecher und Flaschen, ein Bündel Kräuter und allerlei Kitsch türmten. Ein paar einfache kleine Regale rechts und links. An den Wänden rings um den Tisch hingen christliche und einheimische Heilige, sein Schamanen-Diplom, Räucherstäbchen, Reklame-Bilder, Schachteln mit nicht erkennbarem Inhalt.

Vor dem Haus schnarchte der Hausherr in der Hängematte, die Kinder liefen schreiend hin und her, das alles störte ihn nicht. Hilberto begann zu erzählen, erwähnte wohl auch, dass ich selbst Heilerin sei und etwas lernen wolle. Inspiriert von „Celestine" und „Don Juan" hatte ich mir vorgestellt, wie es wohl wäre, bei einem echten Schamanen zu lernen. Da spanisch gesprochen wurde, verstand ich nur sehr wenig. Rutilio, bekleidet mit einer einfachen Hose und einem T-Shirt mit dem Aufdruck des nächsten Kandidaten für die Wahl, blickte ein, zwei-mal kurz zu mir herüber, dennoch drang sein Blick tief in mich hinein. Schließlich stand er auf, bat Hilberto hinauszugehen, nahm den Strauß Kräuter, die er bereits vorher für mich gesammelt hatte, wedelte in der Nähe meines Körpers um mich herum und murmelte etwas vor sich hin. Ich verstand Heiliger Gabriel, heiliger Michael, der Rest war unverständlich. Noch einmal das Ganze in Maya-Sprache.

Auch ich habe in der Ausbildung zur spirituellen Heilerin das Besprechen gelernt, es aber nur mit mäßigem Erfolg kurze Zeit angewandt. Bei einem der Besprecher, einem alten Herrn auf dem Land, der mir auf den ersten Blick unangenehm war, hörte ich vor der Behandlung in meinem

Kopf ein sehr deutliches und lautes Nein. Er muss es ebenfalls gehört haben, denn wir sahen uns an und zuckten voreinander zurück. Dennoch hat er sein Besprechen weiter durchgeführt. Zum Schluss riet er mir, eine Scheibe rohe Kartoffel auf die Warze zu binden, diesen Verband drei Tage drauf zu lassen. Dann würde die Warze abfallen. Es hat sich natürlich nichts getan, der Verband fing an zu stinken, aber die Warze wollte nicht weichen.

Ich hatte Warzenmittel ausprobiert, Wolfsmilch bei Vollmond, und was dergleichen mehr ist an vermeintlichen Heilmitteln. Nichts hatte geholfen. Nun, das kam mir als Erstes in den Sinn, als ich nach Beschwerden gefragt wurde.

Als Hilberto wieder hereinkommen durfte, wurden noch einmal Erklärungen abgegeben. Ich sei energetisch sehr verschmutzt, er habe mich zunächst reinigen müssen. Rutilio hatte mich schon zuvor einiges gefragt, und obwohl ich kein Spanisch spreche, müssen meine Antworten wohl verständlich gewesen sein, denn es wurde im Wesentlichen in der Übersetzung bestätigt.

Ich erhielt dann eine braune Brühe aus einer Flasche, in der verschiedene Kräuter angesetzt waren, in einer kleinen Plastiktüte, ein Räucher-stäbchen und die Anweisung, in zwei Tagen wieder-zukommen. Ich solle die Kräuter, die er mir mitgab, in eine Schüssel mit Wasser geben, einige Stunden in die Sonne stellen und mich dann damit abduschen, mit den Räucherstäbchen mich selbst reinigen, indem ich damit das Zeichen des Kreuzes machte und „im Namen des Vaters, des Sohnes und des heiligen Geistes" sagte. Das waren nicht unbedingt meine bevorzugten Heiligen, aber nun gut, man tut, was man kann. Außerdem solle Hilberto mir einen bestimmten Tee besorgen, den solle ich regelmäßig trinken, auch zu Hause noch.

Gegen die Warze gab er mir ein kleines Döschen. Es war sonst nichts dergleichen im Regal gewesen, nur diese Dose. Es entpuppte sich später als Acetyl-Salicyl-Salbe, in einer Konzentration, die in Deutschland verboten ist.

Meine Sitzung war damit vorerst beendet. Nun trug auch Hilberto sein Anliegen vor. Er habe den ganzen Sommer noch keinen Peso eingenommen, er sei am Ende, wenn nicht bald etwas geschehe. Die beiden sprachen eine Weile. Ich verstand nur hier und da mal ein Wort (alte Lateinkenntnisse), aber es ging mich ja auch nichts an. Auf dem Rückweg erzählte Hilberto mir, dass der Schamane ihm gesagt habe, er habe einen persönlichen Feind und er müsse noch drei mal kommen, danach würde es wieder bergauf gehen.

Zurück im Zuhause von Hilberto, einem geräumigen Steinhaus mit einfacher, aber zweckmäßiger Einrichtung, bat er seine Frau, mir aus den Kräutern einen Tee zuzubereiten. Sie gingen beide in die Küche und unterhielten sich, es hörte sich eher wie ein Streit an. Die Atmosphäre war sehr spannungsgeladen, er traute sich kaum, mich anzuschauen und seine Frau machte, im Gegensatz zu vorher, einen etwas feindseligen Eindruck. Sie schien böse mit ihrem Mann zu sein. Lag das an mir? War ich irgendwie ins Fettnäpfchen getreten, ohne es zu wissen?

Das ist mir u.a. einmal in Italien passiert. Ich war zu einem Abendessen eingeladen und brachte einen Strauß weißer Lilien mit. Juicy, eine Freundin aus der Schulzeit in Athen, die ich besucht hatte, erklärte mir dann später, diese Blumen schenke man bei Beerdigungen. Oh weh, das war peinlich! Sie verschwanden denn auch nach einer kurzen Zeit im Bad (und wurden sicher am Ende meines Besuchs schnellstens entsorgt).

Nun, man blieb höflich, aber nunmehr merklich distanziert. Hilberto brachte mich dann recht bald zurück nach Chichén Itzá, von wo ich den Touristenbus zurück nach Playa del Carmen ins Hotel nahm. Wohl, um mich loszuwerden, hatte er mich so früh zur Anlage zurückgebracht, dass ich noch einige Stunden in der Hitze vor der Anlage ausharren musste.

Nach dem dritten Besuch, der zwei Tage später stattfand und nicht weiter bemerkenswert war, außer dass meine Aura wiederum gereinigt wurde, und Rutilio mir seine Hände hier und da auf den Körper legte, hat Hilberto mich auf dem Weg in einem Dorf abgesetzt. Von dort aus konnte ich nur den lokalen Bus nehmen, nach dem ich mich erst mal durchfragen musste. So dauerte diese Fahrt denn auch fünf Stunden. Im Bus hatte mich noch ein einheimischer Betrunkener angemacht. Ich hatte extra vorne beim Fahrer Platz genommen. Ich schrie den Mann auf englisch an, er solle sich hinsetzen. Der Busfahrer und die anderen Fahrgäste waren von meinem scharfen Ton überrascht, der Fahrer unterstützte mich jedoch damit, dass er jenen scharf anschaute und ihn auf seinen Platz verwies. Offensichtlich war dem Einheimischen das derart peinlich, dass er mit seinem Kumpel bei der nächsten Haltestelle ausstieg.

Es dauerte einige Tage, bis ich herausfand, warum der Reiseleiter so angeblich unwissend war in Bezug auf Schamanen, und warum Hilberto's Frau so böse auf ihren Mann war.

In Mexiko hat die spanische katholische Kirche ganze Arbeit geleistet. Götzenverehrung ist verboten, es drohen himmlische (oder besser höllische?) Konsequenzen. Gerade der Schamanismus ist der dort sehr mächtigen Kirche ein Dorn im Auge, wie ich später feststellte, ist es in Brasilien genau so. Da die Menschen tief gläubig sind und wenig Kritikfähigkeit gegen die Kirche besitzen, hatte seine Frau wohl Angst, dass sie bei der nächsten Beichte eine große Strafe zu erwarten hätte. Selbst der Reiseführer Juan wollte nicht dabei überhört werden, dass er etwas über Schamanismus wisse und dieses Wissen auch noch weitergab. Waren wir hier in China, wo jeder Spitzel der anderen ist?

Bei einem Wochenend-Seminar bei Thomas Young, etwa drei Jahre später, nach einer Meditationsrunde, erzählte ich dem Seminarleiter von meinem Erlebnis in Chichén Itzá.

Er sagte mir, als sei es offensichtlich, dass man mir dort das Herz bei lebendigem Leib herausgeschnitten habe und mein Blut sei die Treppe hinunter geflossen. Dies muss in einer früheren Existenz gewesen sein. Die Erklärung war für mich absolut schlüssig. Da verstand ich endlich den Schwindel, der mich dort erfasst hatte und warum ich die Pyramide nicht besteigen konnte, warum ich mich gefragt hatte, wie denn die Priester oben auf die Spitze gekommen sind, wo sie ihr Werk verrichteten. Es gibt an der einen Seite einen kleinen, gut versteckten Eingang, so dass die Priester im Inneren über eine Treppe nach oben gelangen.

Aus unserer damaligen Sicht waren sie Gottgesandte. Daher war es nicht weiter verwunderlich, dass sie oben waren, ohne dass man wusste, wie sie dort hingekommen waren.

Im Hotel zurück, nahm ich die Kräuter, erbat mir eine flache Schüssel und füllte sie mit Wasser, legte sie dort hinein und stellte die Schale auf den Rand des Pools, der im Innenhof gleich vor meinem Zimmer war. Die Sonne schien nämlich gerade so schön durch eine Lücke im Blätterwerk. Einer der Hotelangestellten beobachtete die ganze Sache. Eine Mischung aus Verstehen und Angst (vor der Kirche?) wehte mich an. Plötzlich war auch mir mein "Ritual" etwas peinlich.

Zwei Stunden später duschte ich mich mit den Kräutern ab.

Etwa zwei Wochen später, zurück in Deutschland, wartete ich auf Ergebnisse. Abgesehen davon, dass die Reise mich meine letzten Euros gekostet hatte, denn Fahrer und Schamane wollten schließlich auch bezahlt werden, wobei die Fahrten etwa das Dreifache gekostet haben von dem, was der Schamane bekam. Rutilio wollte zunächst gar nichts haben. Der Ladeninhaber, Fahrer und Übersetzer meinte jedoch, so und so viel sei üblich. Komisch, dass er das wusste, wo doch niemand etwas über Schamanen weiß.

Ich fühlte mich auch nicht viel anders als vorher, auch die Warze verschwand nicht trotz regelmäßiger Benutzung der Salbe. Diese verschwand erst sieben Jahre später. Ganz plötzlich war sie weg. Leider erinnere ich mich nicht mehr an die Begleitumstände. Als mein Ex-Mann viele Jahre später Kontakt mit mir aufnehmen wollte, hatte ich den Verdacht, dass er mich verhext hatte. Er stammte von einem Bauernhof in tiefster Provinz in Österreich. Sogar bei uns gibt es noch Gegenden, vorwiegend in Bayern, wo das alte Wissen bewahrt blieb, und gelegentlich auch angewendet wird. Als er erneut heiratete, verschwand auch sein Groll gegen mich und damit die Warze.

Nach einiger Zeit fiel mir gelegentlich auf, dass ich in bestimmten Situationen anders reagierte als vorher, nicht mehr so schnell ärgerlich, nicht mehr ganz so empfindlich gekränkt, nicht mehr so automatisch. Ich muss gestehen, ich war nach der Rückreise aus Mexiko ein bisschen enttäuscht. Weder hatte Rutilio mir eine Lehrlingsausbildung angeboten, noch war die Warze verschwunden. Dass meine Erwartungen enttäuscht wurden, hieß aber nur, dass ich falsche Vorstellungen hatte.

Brasilien
João de Deus

2004 hatte ich wiederum Gelegenheit und das nötige Kleingeld, also fuhr ich nach Brasilien zu einem Heiler, João de Deus, wohl eine der bekanntesten und erfolgreichsten der Welt.

Meine Schwester, normalerweise in Frankreich lebend, war zu Besuch gewesen und hatte João de Deus erwähnt. Ob ich von dem schon mal gehört hätte? Nein, aber es gibt ja Internet. Das las sich alles sehr viel versprechend, und ich war immer noch mit meiner Warze beschäftigt.

Ich war einmal verheiratet. Damals war mein Sohn bereits auf der Welt und leider ständig krank. Ich war noch in der Ausbildung, im Referendariat. Nach einer Feier mit Kommilitonen machte Josef (mein Ex-Mann) mir Vorwürfe, ich hätte zu viel geflirtet, und noch so allerlei. Es kam zum Streit, alles lasse ich mir ja auch nicht gefallen und mein Gewissen war rein. Ich saß auf dem Sofa. Direkt gegenüber war die Küchentür. Josef ereiferte sich immer mehr und verschwand schließlich in der Küche, angeblich um sich ein weiteres Bier zu holen. Eine Intuition erfasste mich, und ich sah ihn im Türrahmen stehen, mit meinem ziemlich großen Brotmesser in der Hand. Und Mord in den Augen. Diesen Blick werde ich nie vergessen. Er wollte mich wirklich umbringen. Ich verfiel in einen anderen Bewusstseinszustand, schaute ihn an und dachte nur: – Du bringst mich nicht um, leg das Messer weg, Du bringst mich nicht um, leg das Messer weg, Du bringst mich nicht um, leg das Messer weg. Wie lange dieser Zustand dauerte, kann ich nicht sagen, da in bestimmten geistigen Dimensionen die Zeit nicht existiert. Plötzlich sah ich eine Veränderung in seinen Augen, als ob ein Schleier sich lüftet. Er sah erst mich an. Dann auf das Messer in seiner Hand. Ganz erschrocken legte er es weg. Später gestand er mir, dass er so wütend war, dass er mich tatsächlich, wenn nicht direkt umbringen, so doch zumindest hatte schwer verletzen wollen. Er sei jedoch plötzlich wie gelähmt gewesen.

Ich dachte nicht weiter darüber nach, aber ihm hatte es doch wohl ein wenig Angst eingejagt.

Am nächsten Morgen war ich beim Scheidungsanwalt. Sechs Monate später waren wir geschieden, er war zum Gerichtstermin gar nicht erst erschienen und so gab es keine Probleme. Die sollten noch erst kommen.

Was danach kam, war mein schlimmster Albtraum. Sieben Jahre lang verfolgte er jeden meiner Schritte, rief mich unzählige Male jede Nacht an in total betrunkenem Zustand an, beschimpfte mich, er liebe mich, ich solle doch zurückkommen, ich sei eine elende Hure, er verstehe gar nicht, warum ich die Scheidung eingereicht habe, ob wir nicht zusammen essen gehen könnten, er liebe mich noch immer, ich hätte ihn schamlos betrogen – ich konnte gar nicht so schnell denken wie er redete und von einem Extrem ins andere fiel. Ich verlor ihn aus den Augen – er mich nicht. Irgendwann war ich dann umgezogen. Etwa ein Jahr später meldete sich eine Frau bei mir, sie sei mit Josef befreundet, er erzähle ständig von mir, was für ein wundervoller Mensch ich sei, da habe sie sich gedacht, sie müsse mich doch mal kennenlernen.

Es muss bald darauf gewesen sein, als ich eines Abends bei meinem damals etwa vier Jahre alten Sohn unter dem Fuß zwei winzige Warzen, na ja, die Füße waren ja auch noch klein, entdeckte. Instinktiv schaute ich auch bei mir nach. Ich hatte auch zwei, an genau der gleichen Stelle wie mein

Kind. Ich ging also mit A. zum Besprechen. Seine waren nach etwa drei Wochen verschwunden, meine blieben. Fünfundzwanzig Jahre haben sie mich geärgert. Heute bin ich überzeugt, dass Josef sie mir angehext hat. Da ich zu dem Zeitpunkt eine sehr enge Beziehung zu meinem Sohn hatte, fast symbiotisch, hat er sie nur bekommen, weil sie mir zugedacht waren. Daher sind seine auch weggegangen.

Ein so berühmter Heiler müsste sie doch wegbekommen, dachte ich mir, abgesehen von den anderen kleineren Wehwehchen, Darmbeschwerden, gelegentlichen Herzrhythmusstörungen, Depressionen, Schwerhörigkeit.

Also auf nach Brasilien. Dort angekommen lagen zwei Wochen Erholung und drei Behandlungen beim berühmtesten Heiler der Welt vor mir. Raus aus dem ewigen arbeitslosen Alltag, mal andere Tapeten sehen und gleichzeitig etwas für die Gesundheit tun.

Wie bereits einige Male zuvor, war das Geld, das ich brauchte, einfach da.

Als Studentin mit sehr wenig Einkommen war ich mit dreiundzwanzig in einem Sommer auf die Idee gekommen, es wäre doch schön, meinen griechischen Verlobten, von dem ich nichts mehr gehört hatte seit dem Abitur, in Amerika zu besuchen. Woher sollte ich wohl die sechshundert DM hernehmen für den Flug? Wohnen könne ich ja bei ihm, essen auch, viel mehr als die Flugkosten brauchte ich ja nicht. Aber woher nehmen?

Eines Abends saß ich in Hamburg im Philosophenturm, dem Gebäude für die Geisteswissenschaften an der Universität Hamburg. Es war schon spät und niemand weit und breit zu sehen. Ich setze mich also mit trübsinniger Miene auf eine Bank und grübelte. Nach einer Weile kam ein junger Mann herein, ziemlich ziellos schlenderte er im Foyer umher. Er sah mich, kam auf mich zu und fragte mich, warum ich denn wohl so ein Gesicht mache. Ich erzählte ihm von meinem Wunsch, in die USA zu fliegen, dass ich aber nicht das Geld habe und auch nicht die Möglichkeit, es noch rechtzeitig zu verdienen. - „Wie viel brauchst du denn?"-"Ungefähr sechshundertDM". - „Das könnte ich Dir eventuell leihen, wenn du versprichst, es zurückzuzahlen." „Du kennst mich doch gar nicht." „Du siehst vertrauenswürdig aus." Am Ende bin ich tatsächlich in die USA geflogen. Nach meiner Rückkehr gab mir mein Vater das Geld, das ich dem jungen

Mann zurückgab. Paps hatte die Geschichte kaum glauben können. Damals habe ich mir wenig Gedanken gemacht. Da ich im Laufe meines weiteren Lebens noch mehr solcher denkwürdigen Begegnungen hatte, zweifle ich nicht mehr daran, dass das Universum dir alles gibt, wonach du strebst. Allerdings sollte man mit dem Wünschen vorsichtig sein!

Ich flog also nach Brasilien, zunächst nach Rio de Janeiro. Dort traf ich auf den Rest der Reisegruppe. Unter sachkundiger Führung verbrachten wir einen Tag mit der Besichtigung von Sehenswürdigkeiten, Zuckerhut, Friedenskirche, und einigen anderen. Weiterflug nach Brazilia, auch dort Besichtigung der Sehenswürdigkeiten, u.a. des Tempels der Guten Willens. Die siebenseitige Pyramide besitzt auf ihrer Spitze einen reinen Bergkristall, der als der größte der ganzen Welt betrachtet wird. Wenn die Sonne in einem bestimmten Winkel hindurch scheint, strahlt er die Farben des Regenbogens aus über den Tempel, und gleich daneben, dem Weltparlament der Ökumenischen Brüderlichkeit. Die Kirche ist religionsneutral gestaltet. Am interessantesten und für mich auch am bewegendsten, war die schwarz-weiße Spirale auf dem Fußboden. Man beginnt mit der schwarzen

Spirale. Die schwarzen Steine laufen gegen den Uhrzeigersinn. Am Ende angekommen, direkt unter dem Kristall, symbolisiert eine Bronzeplatte die Entdeckung des Lichts. Nun wandert man langsam auf der hellen Spirale im Uhrzeigersinn dem Licht entgegen und landet schließlich vor dem Altar GOTTES. Hier findet man keinen alten Mann, eine einfache ovale Scheibe, eine Möglichkeit deutlich zu machen, dass man GOTT nicht sehen kann, ER aber für alle Menschen das Höchste darstellt, im Sinne der Brüderlichkeit aller Menschen.

Am Nachmittag ging es mit einem etwas holprigen, klapperigen Bus nach Abadiania. Mehr als 80 km/h sind nicht erlaubt. Die Fahrt dauert etwa zwei bis drei Stunden. Jedes Mal, wenn der Fahrer die 80km/h überschritt, piepste es. Ich weiß nicht wie oft es gepiepst hat, aber es war doch ein bisschen lästig. Mitten durch den Dschungel, dann links und rechts außer Gestrüpp nichts zu sehen. Schließlich wurde die Landschaft etwas offener. Am Rand der Fahrbahn ein winziges Geschäft neben dem anderem, ansonsten nichts zu sehen. Alles wird draußen abgewickelt, ob nun LKW-Reifen gewechselt werden oder die Holzfiguren geschnitzt oder die Kinder versorgt. Viele herrenlose

Hunde. Es war Trockenzeit und die Landschaft sah durstig aus – und entsprechend staubig.

Endlich in der Pension „Sonne und Mond" angekommen, machten wir uns erst frisch und dann miteinander bekannt. Das reichhaltige Mittags- und Abendbuffet, ohne Schweinefleisch und Pfeffer, ansonsten aber frisch und lecker, hatte etwas für jeden Geschmack.

Am nächsten Morgen spazierten wir in einer lockeren Gruppe, alle vorschriftsmäßig in Weiß gekleidet, zur Casa de Don Ignatio. Wir setzten uns in die Vorhalle und warteten. Auf der Bühne wurde erzählt. Auf englisch für die Touristen, auf brasilianisch/portugiesisch für die Einheimischen. Von Wunderheilungen, von GOTT, Christus, von Dankbarkeit, Güte und Liebe war die Rede. Es wurden die Regeln erläutert, nach denen wir uns zu verhalten hatten, keine gekreuzten Beine oder Arme, und in welcher Reihenfolge wir uns in welche Schlange einreihen sollten. Wir waren von Nishavda, unserer Reiseleiterin (Kind einer Schamanenfamilie) bereits ausführlich instruiert worden. Überall in der Halle hingen Heiligenbilder, Zertifikate vom Dalai Lama, dem Papst und anderen Würdenträgern und Vertretern der Religionen, die João als großen Heiler auswiesen.

Endlich kam auch ich an die Reihe. Die Tür öffnete sich, wir gingen im Gänsemarsch an einer Gruppe von etwa dreißig Meditierenden vorbei, durften einen Schluck heiliges Wasser nehmen, bis es um die Ecke in den großen Saal ging, an dessen hinterem Ende João, ganz in weiß und barfuß, auf einem Stuhl saß. Er war von Blumen umgeben. Der ganze Saal war besetzt mit Meditierenden, vielleicht achtzig oder neunzig Menschen. Neben oder nahe bei João saß u.a. eine dunkelhäutige, große und sehr hübsche Frau, die völlig in Trance war und gelegentlich Verrenkungen ausführte, laut stöhnte, weinte, oder völlig regungslos dasaß. Eine Hand hatte João offen, die andere lag auf einem kleinen Podest. Dort wurde jedes mal ein Zettel hingelegt, und wenn er mit dem Schreiben fertig war, demjenigen überreicht, der gerade vor João stand. Er sagte etwas, was übersetzt wurde, z.B. Operation, Kristallbett, Meditation oder etwas Persönliches. Mir wurde eine spirituelle Operation empfohlen, ich bekam einen Zettel, der andeutete, dass ich mir Pillen - Mango-Extrakt - kaufen sollte, speziell gesegnet und auf mich abgestimmt und durfte mich ein paar Schritte weiter hinsetzen. Hier war nur eine kleine Gruppe von Menschen, es mögen vielleicht zehn gewesen sein. Ich verspürte ein leichtes Kribbeln rechts oben am Kopf, ansonsten war ich geistig abwesend, wo auch immer das sein mag. Aufgefordert zu gehen, ging es durch eine Tür, die sich hinter uns schloss, und in einen angrenzenden Raum, wo wir uns wieder setzten. Es wurden einige Gebete gesprochen, und viel zu schnell wurden wir wieder entlassen, da die nächste Gruppe bereits kam.

Nach einer spirituellen Operation, die in meinem Falle völlig unspektakulär war, durchaus aber körperliche Formen annehmen kann, sollte man vierundzwanzig Stunden ruhen, möglichst nicht sprechen, und nur zum Toilettengang und evtl. zum Essen aufstehen.

Also, zurück zum Hotel, ins Bett und schlafen. Leider hab ich so furchtbar weinen müssen, dass an Schlaf nicht zu denken war. Als meine Bekannte, mit der ich das Zimmer teilte, mich fragte, weshalb ich denn so weine, sagte ich: „Das behindert mich schon seit tausend Jahren, endlich bin ich erlöst", meinte sie, die nichts verstand: „Na, dann wird es ja auch langsam mal Zeit." Wie kann man nur so gemein sein! Ich war zutiefst verletzt, obwohl mir mein Verstand sagte, dass sie es eben nicht besser wusste. Lange lange Zeit habe ich geweint, bis ich endlich in Schlaf sank.

Ich habe die restlichen zwölf Tage mit zwei weiteren Sitzungen bei João, dem Besuch der heiligen Quelle, einer Kristallbettsitzung und viel Meditation verbracht. Zwischendurch war einmal die Polizei da, militärisch ausgerüstet. Gegen Ende meines Aufenthalts wurde mir noch einmal ein großes Geschenk gemacht. Ich durfte noch einmal zur heiligen Quelle, wo ich meine Wasserflaschen füllte. Das Wasser war noch nach vier Jahren trinkbar! Es hat mir bei meinen Heilungen, die ich an anderen durchführte, gute Dienste geleistet.

Eines Tages hatte ich die Idee, schon sehr früh zur Casa zu gehen. João war mit einem Helfer zu einer Mine gefahren, wo er Kristalle gesammelt hatte. Nur einige wenige Menschen hielten sich zu dem Zeitpunkt auf dem Gelände auf. Im Stillen bat ich um einen Kristall, wollte aber nicht danach fragen, da er mir vielleicht nicht zustand. Einige Bergkristalle wurden verteilt und, welch ein Glück, ich bekam auch einen. Ich habe ihn noch heute.

Mein Neffe ist ebenfalls mit guter Intuition gesegnet. Als ich ihm einmal den Besuch bei João vorschlug, schrieb er mir eine wütende email. Der Mann sei nicht mehr zeitgemäß, er habe völlig falsche Energien.

Dieser tiefgläubige Mensch, der sehr bescheiden auftritt, seine weltweiten, nachgewiesenen Heilungserfolge ausschließlich auf GOTTes Wirken zurückführt, habe die falschen Energien, ich solle mich fernhalten?

N. ist ein Kind der neuen Zeit und sehr spirituell. Er ist längere Zeit in Tibet gewesen. Nur von einem Esel begleitet, ist er drei Wochen völlig allein durch die Hochebenen, teilweise völlig menschenleer, gewandert. Er berichtete, er habe einen Yeti gesehen, der ihm tagelang in einiger Entfernung hinterher gelaufen sei, in der Nähe von Menschen aber wieder verschwand.

Einige Jahre hatte er in Spanien einen kleinen Bauernhof, wo er sein eigenes Korn anbaute, mit dem er in einem nach dem goldenen Schnitt konstruierten Backofen Brot backte. Dieses Brot hatte die Eigenschaft, Menschen mit sauberen Energien mit wenigen Bissen zu sättigen. Menschen mit verschmutzten Energien dürsteten danach, aßen es in großen Mengen und wurden zunehmend gesünder. Das ist keine Erfindung von mir, sondern wurde wissenschaftlich nachgewiesen.

Nach dem Aufenthalt in Tibet kam er mit spirituellen Erfahrungen zurück. Deshalb war ich auch so verständnislos seinem Angriff auf João gegenüber.

Später ist er viel in Indonesien und Südamerika gewesen, wo er einen natürlichen Kräutertrank vertrieb, der Krebs und andere schwere Erkrankungen heilt. Dies wurde in zahllosen wissenschaftlichen Studien nachgewiesen.

In Peru brach nach einem heftigen Sturm mit Überflutungen und Erdrutschen Cholera und Typhus aus. Besonders Kinder waren betroffen. Was zur Katastrophe mutierte, da es in weiten Teilen des Landes kein sauberes Wasser mehr gab. N. gelang es, das Mittel über die dortige Gesundheitsbehörde kostenlos an Krankenhäuser und Flüchtlingslager zu verteilen. Mit großem Erfolg. Dieses Ereignis fand in europäischen Medien kaum Notiz.

In Europa konnte es nur unter der Hand vertrieben werden, da die Pharma-Lobby, die ihr Geld mit nutzlosen, teils schädlichen, chemisch hergestellten Mitteln verdient, ein scharfes Auge auf Konkurrenz hat.

Ich kam zurück nach Deutschland. Ich habe mich nicht anders gefühlt als vorher und war, ehrlich gesagt, darüber ein wenig enttäuscht. Hatte sich das Ganze gelohnt?

Etwa sechs Monate später, fiel mir plötzlich auf, dass ich mich total verändert hatte. Mir war seit frühester Kindheit emotionale Labilität, leichte Beeinflussbarkeit und noch so einiges mehr nachgesagt worden. Heute nimmt man den Begriff Borderliner, das klingt so englisch und so wissenschaftlich, sagt aber auch nichts anderes aus. Mittlerweile war ich stabiler, selbstbewusster und durchsetzungsfähiger geworden.

Die Heilung

Gestern, heute, morgen, immer hatt´ ich Sorgen.
Hatt' ich einmal keine mehr, holte ich mir fremde her,
Ach, mein Leben war so schwer.
Eines Tages war's genug, fühlte mich gefangen.
Bin zum Kurs gegangen,
Schreien, Kummer, Tränen, muss ich mehr erwähnen?
Heilung hab ich mir befohlen.
Diese kam auf leisen Sohlen.

Eines Tages wacht ich auf, Liebe ,Freude, Glück
zu Hauf.
Wo waren all die Sorgen?
Alle weggegangen, war'n nicht mehr gefangen.
Hab'n sich nicht mehr aufgedrängt, mich nicht ins
Korsett gezwängt.

Bin nun frei, kann glücklich lachen,
und die anderen fröhlich machen.
Kann auch euch nun Heilung bringen, mit wem
soll ich zuerst beginnen?
Kann aus tiefstem Herzen singen.
Frohgemut und frisch voran!

Also dann!

Oneness

AmmaBhagavan

Als ich das erste Mal zu einem Oneness Abend
kam, fühlte ich mich völlig fehl am Platz. Ich
wurde von einer etwa siebzehnjährigen hübschen
jungen Frau begrüßt, die voller Begeisterung mit
einer hohen piepsigen Stimme mich so herzlich
begrüßte, als hätte sie schon sehr lange auf mich

gewartet. Sie lud mich herein, ich zog die Schuhe in der Diele aus und begab mich in die Küche. In der Küche sah man keinerlei Spuren von Benutzung, auf der Theke lagen Papiere. Ich fühlte mich sehr überlegen: was will denn dieses junge Mädchen mir wohl noch beibringen?

Nach und nach kamen noch eine Reihe von Menschen, Männlein und Weiblein, unterschiedlichen Alters. Auch Jens war dabei, ein Mann mittleren Alters, mit dem ich schon öfters zu tun hatte, dem ich sehr ans Herz gewachsen war.

Als wir alle unseren freiwilligen Obulus entrichtet hatten, begaben wir uns eine Etage tiefer, setzten uns im Kreis und lauschten unserer Gastgeberin. Sie hatte eine kurze Passage von Osho, einem indischen Meister, ausgesucht und erklärte uns, was damit gemeint war.

Nun gut, so weit konnte ich noch folgen. Dann erzählte sie von Bhagavan, dem indischen Meister. Er habe diese Methode sozusagen entwickelt. Sie erklärte den Ablauf der folgenden Meditation. Wir schlossen die Augen und begannen zu meditieren. Der ersten Person legte sie die Hände auf, nach einer Weile der zweiten und so weiter.

Als sie ihre Hände auf mein Kronen-Chakra

legte, bemerkte ich zunächst eher die Hitze, die von ihren Händen ausströmte und das Gewicht. Eine große Kraft vertiefte meine Meditation. Sie ging schließlich zur nächsten Person. Auch wenn ich in tiefer Meditation war, so war mir doch die Aufmerksamkeit für die Umgebung nicht genommen. Plötzlich spürte ich eine kraftvolle Präsenz. Bhagavan, den ich bis dahin nicht kannte, stand so leibhaftig vor mir, ich hätte ihn berühren können. Ob es wenige Augenblicke waren oder länger gedauert hat, kann ich nicht mehr sagen. Auf irgendeiner, meinem Tagesbewusstsein nicht zugänglicher Ebene, wurden mir Informationen mitgeteilt, unter anderem, dass ich nicht nach Indien an die Oneness-University zu fahren brauche.

Ich war so erstaunt, dass das Ende der Runde gar nicht schnell genug kommen konnte. Als R. sich wieder hinsetzte, dauerte es einen Moment, bis wir alle wieder im Hier und Jetzt waren. Jeder erzählte etwas, was ihm bei der Meditation für Gedanken oder Gefühle gekommen waren. Ich erzählte voller Staunen, dass ich eben jene Präsenz gespürt habe, worauf hin R. uns erklärte, das sei der Meister persönlich gewesen, gelegentlich erscheine er jemandem. Es dauerte ein paar Tage, bis ich meine Überraschung überwunden hatte.

Nun ging ich jede Woche zur gemeinsamen Meditation. Es war inspirierend und spendete Kraft für die ganze Woche.

Ein Mal ging ich zu einer der Veranstaltungen, bei denen wir Bhagavan live über Bildschirm erlebten.

Ich war ganz benommen über die Energie, die über den Bildschirm ausstrahlte. Er selbst befand sich zu dem Zeitpunkt in Indien - Zeit und Raum, wie wir es kennen, verlieren auf einer höheren Ebene ihre Bedeutung.

Wie ich später heraus fand, war R. Mitte vierzig, und hatte schon als Kind mit spiritueller Arbeit, auch wohltätig zu arbeiten, begonnen. Sie hatte sich immer sehr gepflegt und ernährte sich seit vielen Jahren nur von Obst.

Im Internet fand ich einmal einen Bericht über Lichtnahrung, eine direkte Bekannte hatte schon seit zwanzig Jahren keine Nahrung mehr zu sich genommen und sah viele Jahre jünger aus ihr tatsächliches Alter. Auch ich habe etwa zwei Monate nur von fünf Gummibärchen und zwei Glas Wasser am Tag gelebt. Man spürt direkt die Entgiftung. Lichtnahrung ist jedoch anders als Fasten. Man muss schon wissen, wie man aus der Sonne die Kraft des Lichtes für sich einfängt.

Nach einer Weile machte ich noch einen Kurs, damit auch ich Deeksha geben durfte, wie diese Art der Energieübertragung sich nennt.

Nachdem ich einige Male auf Treffen gewesen war, wo es im Vordergrund um die Bildung von neuen Gruppen ging, letztlich aber doch eher um das Einbringen der eigenen Persönlichkeit, des Machtstrebens, der Eitelkeit und der Besserwisserei, wendete ich mich von den Gruppen ab und gründete meine eigene. Wir begannen ein wenig zu experimentieren, gestalteten die Abende etwas anders. Es war eine sehr fruchtbare Zeit für alle. Manche kamen, andere gingen wieder, es blieb ein harter Kern. Leider ergab sich nach einer Weile eine gewisse Animosität zwischen zwei Mitgliedern, die den Frieden torpedierte.

Ich zog um in ein Randgebiet der Stadt. Dort hatte ich erst einmal damit zu tun, die überaus negativen Energien, die die frühere Eigentümerin hinterlassen hatte, zu reinigen und zu heilen.

Nachdem ich drei Jahre damit zugebracht hatte, traf ich mich mit einer ehemaligen Kollegin aus dem Heilpraktiker Kurs, die, auf meine Bitte hin, ein Gespräch mit ihren Schamanen führte. Dabei erzählten sie ihr, u.a. von einem kleinen Mädchen, ganz leicht mit einem Hängekleidchen bekleidet, das auf einer Wiese stand und in den Sonnenuntergang schaute. Da fiel mir ein, dass mein Sohn mit etwa drei Jahren mir zu einem Geburtstag ein Bild, mit Wachsmalstiften gemalt, geschenkt hatte. Als ich ihn damals fragte, ob es Sonnenauf- oder untergang war, antwortete er spontan: Sonnenuntergang. Genau das Bild, das auch die Schamanen gesehen hatten.

Als A. vier Jahre alt war, machten wir Urlaub in Frankreich bei meiner Schwester in Bordeaux. Eines Tages fuhren wir zum Strand nach Arcachon, der größten Sanddüne Europas. Um an den Strand zu gelangen, mussten wir einen längeren Weg vom Parkplatz aus zu Fuß durch die bewachsenen Dünen gehen. Plötzlich hielt mein Sohn mich zurück, voller Panik. „Mama, Mama, guck mal, dort haben die deutschen Soldaten ihr Lager. Sie haben dort Lebensmittel und Waffen gehortet. Die kommen gleich zurück." Meine Schwester war total erschrocken. Ich sagte nur: „Ja, das war vor langer Zeit, jetzt können die uns nichts mehr tun." Nach kurzem Zögern gingen wir weiter. Später stellte sich heraus, dass genau an dieser Stelle tatsächlich im zweiten Weltkrieg deutsche Truppen dort gelagert hatten. Jahre später sah ich in einer meiner vielen Visionen, dass er im vorherigen Leben ein General gewesen ist, sich gegen Ende seines Lebens aber schämte, es ihm unendlich leid tat, was er zu der Zeit befohlen hatte, das zu hohen Verlusten an Menschenleben geführt hatte. Ich für meinen Teil denke, wir sind immer auch Opfer der Umstände, in denen wir leben.

Karma sorgt immer für einen Ausgleich, alles, was du aussendest, kommt zu dir zurück, auch wenn es nicht immer so aussieht. Wenn wir in der Lage wären, sehr große Zeiträume zu überblicken, könnten wir sehen, dass das Leben als Ganzes immer gerecht ist.

Bali 2008

Made

Nach Bali zog es mich, weil mein Sohn, seit seinem sechzehnten Lebensjahr drogensüchtig, nicht nach Brasilien wollte. Ich hatte gerade geerbt und so wollte ich mit ihm Urlaub machen. Nicht ohne Hintergedanken. Drogensucht wird in den wenigsten Fällen in Deutschland geheilt. Es bedarf eines starken Willens, langjähriger Therapien und hat meist doch wenig dauerhaften Erfolg. Nach einigem Hin und Her einigten wir uns auf Bali. Exotisch genug für einen jungen Erwachsenen. Die Reise war mit einem dreimaligem Besuch bei einem schamanischen Heiler verbunden. Ich erhoffte mir (obwohl ich zunächst nicht wirklich dran glaubte) die Befreiung von der Sucht.

Schon die Hinreise war mit einigen Merkwürdigkeiten gesegnet. Der Flug ging über Doha, Bahrein. Auf dem Flug von dort nach Kuala Lumpur saß eine Dame, komplett in Schwarz verhüllt, mit lediglich einem winzigen Sehschlitz acht

Stunden fast regungslos. Selbst ihre Hände waren in schwarze Handschuhe gehüllt. Sie aß nur sehr wenig, indem sie vorsichtig den Schleier anhob und das Essen darunter verschwinden ließ.Sie muss sich vollkommen auf ihren Mann verlassen, da sie ja wie eine Blinde läuft. Den Blicken und der Gestik entnahm ich, dass er sie sehr liebte. Religion treibt manchmal seltsame Blüten.

Ortszeit Bali 18.00 Uhr, innere Zeit 14.00 Uhr. Wir waren müde und wollten eigentlich nur noch ins Hotel. Unser Reiseleiter F. Brachte uns zunächst in seine Bar, ging dann mit A. Geld wechseln. €200,00 gab ich ihm, er kam mit zwei Millionen, achthundert Tausend indonesischen Rupien zurück. Das Hotel hatte ich per Internet ausgesucht, wunderschön. Leider lag unser Zimmer direkt neben einer Baustelle, morgens gegen halb sieben begannen die Steinsägen zu kreischen. Noch eine Nacht ohne Schlaf, aber dafür waren wir ja auch nicht gekommen.

Nach einem ausführlichen Einführungskurs des Reiseveranstalters F. über Schamanismus und dem Lauschen seiner Lebensgeschichte wurden wir gegen 17.00 Uhr zum Schamanen, Made, geführt. Gut, dass wir nicht wussten, was da auf uns zukam. Mein Sohn war mutig genug, sich zuerst behandeln zu lassen. Ich war mit Filmen beschäftigt, so dass meine Aufmerksamkeit weniger auf die für mich normalerweise sichtbaren Energien gerichtet war, als vielmehr auf die Kamera und das Drumherum: ein offener Innenhof, beständiges Kommen und Gehen der anderen Familienmitglieder, ratternde Mopeds, lautes Lachen, Gespräche.

A. setzte sich auf die Liege, Made flüsterte ihm ins Ohr, und er legte sich hin. Wie ich das schon kannte, auch aus meiner eigenen Praxis, fühlte Made erst mal die Aura ab. Er strich hier etwas glatt, hielt gelegentlich die Hand lange an einer Stelle. A. wurde gebeten, sich aufzusetzen – und was dann geschah, war wenig angenehm. Es wurde hart auf den Rücken geklatscht, Muskeln gedrückt. Schließlich hielt Made die Nackenmuskeln so fest, dass die Halsschlagader abgedrückt wurde und eine Ohnmacht erzeugte, na ja, jedenfalls fast. Oh je, so hatte ich mir das nicht vorgestellt, das tat ja richtig weh. Auch A. wand sich teilweise vor Schmerzen. Aber Made machte ruhig weiter, glättete wieder die Aura, überprüfte noch mal den Energiefluss. Und dann sollte ich drankommen. Mir war schon bei A. das Herz in die Hose gerutscht. Dieser Tortur sollte ich mich auch unterziehen? Ich wäre fast ohne Behandlung gegangen. Später lieferte F. mir eine oberflächliche Erklärung. So weit er den Schamanen verstanden hatte, war A.'s Widerstand, bzw. der seiner durch Drogen und Alkohol bedingt eingefangenen Geistwesen, so stark, dass es dem Schamanen zunächst nicht gelang, die oberen Chakren zu öffnen

Nach einem kurzen Gespräch, von dem ich weitgehend ausgeschlossen wurde, was ich durchaus als angemessen empfand, war ich dran.

Ähnliche Vorgehensweise, aber es wurde doch Rücksicht genommen auf meine zartere Frauennatur. Ganz so schlimm war es nicht, aber angenehm war das auch nicht. Ich setzte mich also auf die Liege, Made flüsterte mir etwas ins Ohr (sleep), und ich versank sofort in Trance. Ich habe alles überdeutlich wahrgenommen, auch den Fluss der Energien, konnte mich jedoch nicht rühren. Nach einer Weile schnippte er mit den Fingern und ich wachte so plötzlich auf, dass ich zunächst völlig orientierungslos war. Ich erinnere mich deutlich daran, dass mir die Rückkehr in diese Welt schwerfiel.

A. weigerte sich zunächst wieder zu kommen. Schließlich wurde er überredet und die zweite Behandlung fiel nicht ganz so schmerzhaft aus. Die dritte war dann schon ganz erträglich.

Auch der Besuch bei der Taksu ist erwähnenswert. Die Dame spricht mit den Verstorbenen, teilt den noch lebenden Verwandten, die sich an sie wenden, deren Wünsche mit. Sie fungiert als Medium, ihre Stimme, ihre Gesten verwandeln sich, je nachdem, wer gerade spricht. Zwei Brüdern, die sich um eine Kuh stritten, teilte sie mit, die Verstorbene, vielleicht eine Tante?, wolle ein grünes T-Shirt und eine Flasche Schnaps, und der jüngere solle die Kuh behalten, (durchaus ein Kostenfaktor), aber seinem Bruder vom Erlös der Milch abgeben.

Uns sagte sie, meine Großmutter mütterlicherseits würde mir helfen, ich solle diese darum bitten.Die Kommunikation gestaltet sich etwas schwierig, da vom Balinesischen ins Englische und schließlich ins Deutsche übersetzt wird. *Ich sei sehr fleißig in spirituellen Dingen, ich müsse aber mehr meditieren, Dinge nicht immer aufschieben, ich sei sehr traurig.* Während der ganzen Zeremonie überfielen mich Bilder aus meiner Familie. Auch die grüne Tara, eine Schutzgottheit, ließ sich blicken. Viele Jahre zuvor hatte ich eine Einweihung im tibetischen Zentrum mit der grünen Tara, einer Schutzgöttin.

Für A. wurde die Sache etwas komplizierter, er müsse noch drei Mal wiederkommen. Er wurde in einem langen Ritual ausgiebig gereinigt, bei den anderen Malen war ich nicht dabei, was sicher Absicht war. Er wurde auch noch zu einer Hochzeit und einer Beerdigung eingeladen, beide Male ohne mich, ja, zunächst ohne mein Wissen.

Während ich die Zeit im Bali Mandala, einem Hotel im Norden des Landes, nutzte, um mich zu regenerieren und Erlebtes zu verdauen, fuhr A. alleine los, von Bondalem zurück nach Denpasar mit meiner Filmkamera, um bei einem dreizehnjährigen Jungen dem Initiationsritual beizuwohnen. Dabei werden die vorderen Eckzähne mit einer Feile spitz zugeschliffen,, natürlich ohne jede Betäubung. An einem anderen Tag begleitete er den ganzen Tag den Trauerzug eines Mitglieds der Königsfamilie, mit Verbrennung bei Vollmond.

Zusammen haben wir als Abschluss den typischen Feuertanz gesehen. Nach längerem rhythmischen Singen ging der Vorführende zunächst mit den Füßen durchs Feuer, zum Schluss wälzte er sich darin, es schien ihm richtig Spaß zu machen.

Im Bali Mandala, einem wunderschönen großen Hotel-Gelände mit viel Platz zwischen den einzelnen Bungalows, einem großen Speisesaal und einem kleinen offenen Meditationsraum, wurde ich dafür zu einer balinesischen Hochzeit eingeladen. Allerdings heiratete das deutsche Paar zum zweiten Mal, um ihre Verbundenheit zu demonstrieren. Das Original-Ritual dauert drei Tage und beinhaltet das Köpfen von Hühnern. Aus Rücksicht auf die empfindlichen Fremden wurden die Hühner nur ins Wasser gelassen. Die Dame wartete auf eine Spenderniere, die sie bald nach der Rückkehr nach Deutschland auch bekam. Ein paar Jahre später nahm ich noch einmal Kontakt auf, es ging ihr sehr gut. Während meiner Zeit dort habe ich einige Menschen auf meine Weise behandelt.

Als ich nach Bali flog, wog ich bei einer Körpergröße von 160cm über 80kg. Zwei Monate später hatte ich mehr als zwanzig kg abgenommen, ohne etwas an meinen Ernährungsgewohnheiten zu ändern. Nicht nur ein angenehmer Nebeneffekt. Mir zeigt es, wie viel unnötigen Ballast ich auf Bali gelassen habe. Danke, Made.

Indien

Akasha Chronik

Wie so oft in meinem Leben, stieß ich „zufällig" auf eine website für Reisen nach Indien zum Lesen der Akasha-Chronik.

Mein Vater hatte mir als Kind einmal erzählt, der liebe Gott habe ein Buch, in dem alle Taten aller Menschen aufgeschrieben seien. Am Ende des Lebens würde Bilanz gezogen.

Der Reiseleiter kam mir irgendwie bekannt vor. Schließlich erinnerte ich mich daran, dass ich ihn kennengelernt hatte bei der Aufzeichnung einer Sendung auf Pro7, die sich mit übersinnlicher Wahrnehmung beschäftigte. Wahrsagen, Hellsehen, aus dem Kaffeesatz lesen, usw. Er erzählte von seiner Erfahrung mit der Akasha-Chronik. Ich sollte für jemand beliebigen die Tarot Karten legen.

So kam es, dass ich nach Indien fuhr, wenn auch nur für zwei Tage. Ich wollte wissen, ob mir die Zukunft auch noch etwas Angenehmes zu bieten hatte. Die Palmblattbibliothek von Mohana Sundaram in Chennai ist ca. 1.200 Jahre alt. Der Palmblattleser übt diese Tätigkeit in der siebenten Generation aus.

Zunächst wurde meine Vergangenheit erläutert. Ich staunte nicht schlecht, dass sich die Ereignisse exakt so abgespielt hatten.

Nach der Anrufung der Göttin Lakschmi, für den Reichtum zuständig, und Durga, die für die Gesundheit sorgt, gab ich nur meinen Namen und mein Geburtsdatum an. Sodann erzählte er mir Folgendes:

Ich sei im Sternzeichen Löwe geboren.

In meiner sehr frühen Kindheit habe ich drei lebensbedrohliche Unfälle gehabt, und daraufhin beschlossen, mich der Spiritualität zuzuwenden.

Von den Unfällen weiß ich nichts, der Beschluss ist mir nicht bewusst, macht aber Sinn.

Meine Begabungen liegen in der Heilung, der Zukunftsdeutung, auch Massage oder Fotografie kämen in Frage. Die größte Gabe liege jedoch in der natürlichen Heilung. Ich lerne eher durch Erfahrung als durch Bücher.

Das erklärt das ereignisreiche Leben, das ich

führen durfte.

Mit vierzig bis achtundvierzig habe ich erkannt, dass es besser sei, alleine zu leben. Vor dem dreißigsten Lebensjahr habe ich geheiratet, die Ehe ging aber völlig schief. Ein halbes Jahr nach der Hochzeit reichte ich die Scheidung ein!

Etwa zur gleichen Zeit habe sich jemand sehr für mich interessiert.

Er sagte noch einiges zu meiner Persönlichkeit. Und gab mir eine Reihe von Ratschlägen, um meine Lebenssituation zu verbessern.

Überrascht war ich über seine Bemerkung, ich zöge negative Energien an als Zeichen der Wertschätzung und dies könne letztlich zu Problemen mit den Knien führen. Gegen Abend erinnerte ich mich plötzlich an eine meiner vielen Visionen:

Ich saß in einem Kerker. Ein höheres Wesen trat von oben in die Zelle und gab mir einen Beutel mit der Bemerkung. Ich solle die Sorgen anderer Leute jedes Mal dort hinein packen, es sei meine Aufgabe, sie anderen Menschen abzunehmen. Ich erinnere noch, dass ich mich dieser Aufgabe nicht gewachsen fühle. Er ließ mir zwar theoretisch die Wahl, meinte, ich würde da schon hineinwachsen, aber dennoch blieb ein schweres Herz zurück, ein starkes Gefühl der völligen Überforderung.

Auch der Zauberlehrling musste sich gedulden, bis er die nötigen Fertigkeiten erlangt hatte.

Für die zweite Sitzung fuhren wir, jeweils zu dritt oder viert, in gewissen zeitlichen Abständen aufs Land, nach Chengalpathu. Die Palmblattbibliothek befindet sich im Besitz der Familie Poojamali. Sie soll in ihrem Ursprung auf den Rishi Brighu, den sagenumwobenen Anführer der sieben Rishis, zurückgehen.

Der Leser lebte als einfacher Bauer in einer Gegend, die staubig war, Wasser kam aus einem Brunnen mit Pumpe. Einige Kinder liefen herum, wovon eines behindert war, ein Hund und ein paar Hühner. Als verwöhnter Europäer glaubt man nicht, dass dieser „arme" Mann es verstand, Schriften aus einer Zeit weit vor unserer Zeitrechnung in einer Sprache zu lesen, die nicht mehr gesprochen wird. Die Toilette war, in einem Verschlag, ein Loch im Boden. Immerhin war schon die Keramikeinfassung vorhanden, mit Rücksicht auf die Touristen, in Indien bereits ein ziemlicher Luxus. Das Warten darauf, dass man an der Reihe war, schien endlos zu dauern, zumal es wenig Ablenkung gab. Kein Baum, kein Strauch, nur endlose Dürre. Man hatte uns vorher empfohlen, ausreichend Wasser mit zu nehmen.

Die Aussagen zur Vergangenheit waren noch dezidierter, die Tatsachen stimmten aber völlig überein.

Angerufen wurden Shiva und Krishna.

Ich würde die Familie beschützen, halte mich aber von Klatsch und Tratsch fern. Ich bräuchte keine Familie, es sei keine Ehe vorgesehen. Die Beziehung zu meinem Sohn würde sich verbessern, Lotto- oder Spekulationsgewinne seien nicht vorgesehen.

(Als ich einmal im Trance alle sechs Lottozahlen sah, versäumte ich es, den Schein abzugeben.)

Spirituelle Heilung sei genau das Richtige. Ich müsse selbständig arbeiten, nicht angestellt.

(Es ist mir immer schwer gefallen, einem inkompetenten Chef gegen-über meinen Mund zu halten.)

Dann machte er noch einige sehr genaue Angaben zu meiner Zukunft.

Obwohl ich mittlerweile über viel Erfahrung und einiges Wissen verfüge, war ich dennoch ziemlich perplex über die Genauigkeit der Aussagen über mein Leben, nur anhand des Geburtstags und des Namens.

Als Nachsatz kam vom Übersetzer dann noch eine Warnung: ich solle mir nicht die Augen operieren lassen, das würde schief gehen und ich erblinden. Da ich ziemlich hängende Augenlider habe, stand der Gedanke, mich verschönern zu lassen, durchaus im Raum.

Eigentlich waren wir längst fertig. Dann aber fiel mir noch etwas ein. Ich wollte wissen, ob bestimmte Erfahrungen mit einem Fluch zusammen hingen.

Als ich es dem „Leser" erzählte, wurde er ganz blass, nahm mich eilig an die Hand und führte mich zu seinem kleinen Tempel weiter unten auf dem Grundstück. Er intonierte irgendwelche Gesänge, machte etwas mit meinen Händen und mit Räucherstäbchen. Ich verstand gar nichts. Das dauerte eine kleine Weile.

Schließlich nahm er eine Kokosnuss in die Hand, wir entfernten uns ein Stück zu einem kleinen betonierten Platz. Immer noch singend nahm er die Nuss in die Hand und warf sie kraftvoll auf den Beton. Ich konnte seine Angst förmlich spüren. Die Nuss prallte jedoch ab. Jetzt wurde er leicht panisch. Ein erneuter Wurf brachte endlich das Ergebnis, die Nuss sprang auseinander.

Der Fluch, den er auflöste, muss sehr stark gewesen sein.

Auch C., die Schamanin aus der Schweiz, hatte von einem solchen gesprochen.

Die Zigeunerin, die mich am Bahnhof abpasste, mir kurz in die Augen sah, mir aus der Hand lesen wollte, erzählte mir ähnliches, als sie bei mir zu Hause in einen Teller Wasser schaute. Angeblich hat sie den Fluch gelöst, nach Indien war ich mir da nicht mehr so sicher. Ihre Methode war etwas anders, aber ebenso beeindruckend.

Sie nahm einige mitgebrachte Fäden, verknotete ein paar davon, legte mir das Bündel in die Hand, die ich zur Faust schließen musste. Sie murmelte etwas vor sich hin, rief Jesus und andere Heilige an. Als ich die Faust öffnete, waren die Knoten verschwunden, nur einzelne Fäden lagen in meiner Hand.

Ihre Erklärung dazu: wenn dein Schicksal Gottgewollt ist, wären die Knoten geblieben. So aber zeigt sich, dass es Menschen-gemacht ist und es sich gelöst hat.

In einigen Regionen Asiens nehmen Schamanen rohe Eier, um die Aura zu reinigen. Werden sie nach der Behandlung geöffnet, ist der Inhalt oft dunkel bis schwarz. Sie werden dann ins salzige Meer geworfen, das Salz reinigt. Die negativen Energien sollen nicht verteilt, sondern vernichtet werden. Bei uns nimmt man Bambus-Pflaster auf die Fußsohlen zur Entgiftung.

Auch wir kennen noch viele Bräuche, deren tiefere Bedeutung wir in unserer allein auf Technik und Geldvermehrung ausgerichteten Gesellschaft jedoch nicht mehr verstehen.

Innerwise
Uwe Albrecht

Es muss mal wieder einer dieser merkwürdigen „Zufälle" gewesen sein, der mich auf die Spur von *innerwise* gebracht hat. Eine Einladung zu einer Konferenz in Herrsching am Ammersee. Von Freitag mittag bis Sonntag mittag gab es sieben Vorträge mit Uwe Albrecht und einundzwanzig workshops mit den *innerwise* Mentoren. *innerwise* Therapeuten standen zur Verfügung, um durch die workshops angeregte Themen zu behandeln oder zu klären.

Es war ein sehr intensives Wochenende. Es wurden beinahe alle wichtigen Themen des Lebens behandelt. Eine ganze Reihe von Techniken wurden vorgestellt. Ein Hologramm mit der Blume des Lebens und anderen kraftvollen Symbolen in 3D, Heilkarten, Amulette, und einiges mehr wurden zum Kauf angeboten.

Der Armlängentest, das bevorzugte Instrument von Uwe, funktioniert bei mir nicht zuverlässig, da ich unterschiedlich große Daumen habe. Dies bemerkte auch eine Dame, die mich in einem workshop testete, sie konnte sich die falschen Ergebnisse jedoch nicht erklären. Die unterschiedliche Länge der Daumen ist bedingt durch das Daumenlutschen, das ich erst mit etwa elf Jahren aufgab. So ist der Daumen der rechten Hand länger und breiter als der linke. Im Gespräch mit einer erfahrenen Heilerin erfuhr ich, dass andere kinesiologische tests ebenso gut funktionieren.

Nach meiner Erfahrung funktionieren diese tests bei anderen sehr gut. Bei sich selbst besteht immer die Möglichkeit des Schummelns.

Was mich am meisten beeindruckt hat, war das workshop über Mutter Erde. Wie sollten uns selbst als Pflanze oder Tier vorstellen und schauen was passiert.

Ich begann als Löwe, wurde über verschiedene Übergänge zu anderen Tieren zur Schlange, die sich durch den Morast schlängelte. Als das überwunden war, wurde ich zum Baum, verankerte mich tief in der Erde. Ich wuchs zu einem stattlichen Baum mit ausladender Krone. Schließlich kamen Vögel herbei und bauten ein Nest in den höchsten Zweigen und brüteten ihre Jungen aus.

Diese Übung hat mich tief berührt. Ich bewunderte noch beim anschließenden Essen die ungeheure Schönheit der Natur, ich war wie berauscht und wäre gerne in diesem Zustand geblieben.

Mit dem Hologramm habe ich interessante Erfahrung in meiner Praxis gemacht. Das Innerste der Seele wird hier nonverbal angesprochen und bewirkt teilweise erstaunliche Veränderungen.

Mit der Heilapotheke arbeite ich heute noch. Die Karte, die man zieht, spricht immer genau das Thema an, um das es im Moment geht, unabhängig davon, ob der Person dies bewusst ist oder nicht. Noch kein einziges Mal habe ich erlebt, dass der Text zu der Karte als nicht zutreffend empfunden wurde, wohl aber öfters Erstaunen darüber, dass dies durchaus ein Thema ist, wenn auch nicht unbedingt das, mit dem Klienten gekommen sind.

Claudine

Schamanin

Im Frühjahr vor meinem 60. Geburtstag wandte sich per Internet eine Dame aus der Schweiz an mich. Ihr sechsjähriger Sohn habe einseitig Hodenhochstand, ob ich ihr wohl helfen könne.

Sie schickte mir ein Foto und ich begann diesem Problem Energie zu geben. Nach einiger Zeit berichtete sie mir, der vorher völlig verhärtete Strang habe sich weicher angefühlt und der Hoden ließe sich in den Sack schieben

Jeden Montag fand ein Meditationsabend bei mir statt. Ich bat meine Kollegen/innen ihre Energie doch bitte auch auf das Bild zu geben, mich in meiner Arbeit zu unterstützen.

Etliche mails hin und her veränderten sich die häuslichen Verhältnisse. Ich riet zum Familienstellen, sie zog ihre schamanische Arbeit vor.

(Auszug aus der Email-Korrespondenz)

so nun ist eine große Veränderung bei fjonn im Gange. wir haben gestern die familie im medizin-

rad aufgestellt. 3 tage zuvor wurde noch ein fami-
lienfluch väterlicherseits aufgelöst. im medizinrad
wurde folgendes sichtbar; fjonn ist inkarniert
ohne sein eigenes medizinrad, er hat sich ein ei-
genes kreiert . d.h. er kam ohne seinen traum,
ohne vision ohne mitgefühl, etc. in diese welt. nun
ist es aufgelöst und richtig gestellt und die ganze
familiensituation hat sich jetzt schon verändert.
er hat sich auch schon verändert und doch ist al-
les noch in heilung. in 3 wochen wird dies noch
spürbarer werden -

Dann hatte ich eine schwierige Phase. Ich wurde bedroht, meine Hündin wurde so krank, dass
Operation oder Einschläfern Thema wurde, ein
großer Hund wurde auf sie gehetzt, der Besitzer
bedrohte mich, er würde seinen Hund auf mich
hetzen das nächste Mal, es gab unangenehme
Missverständnisse auf der Arbeit, lauter kleinere
„Unfälle".

Bereits seit einem Jahr hatte ich eine Blasenent-
zündung. Um sie endlich los zu werden, ging ich
zu einem Heilpraktiker, der mit TCM (traditionel-
le chinesische Medizin) arbeitet. Neunzig Minuten Anamnese und ich war abgestempelt als verwirrt, traumatisiert, alkoholabhängig, usw. Er hatte sich wohl schon auf eine lange Behandlungs-

dauer eingestellt.

Ein paar Tage später wurde ich genadelt. Während ich dalag, muss er sich wohl meine Akte noch mal angesehen haben. Ich fragte ihn nach dem „leeren Herz", das er mir während der Anamnese diagnostiziert hatte.

Als ich ihm nach der Nadelung sagte, ich könne nicht mehr kommen, da ich viel Geld für den Tierarzt ausgegeben hätte, meinte er schließlich: wer so nah beim GROßEN GEIST sei, da würde vielleicht eine Behandlung schon ausreichen. Es folgten schwierige Tage, viel geweint, emotionale Achterbahn.

Das „leere Herz" ließ mir keine Ruhe. C. bot mir ihre Hilfe an, nachdem sich bei ihr ja nun die Wogen geglättet hatten. Ich fragte sie, ob ihre Schamanin vielleicht aus der Ferne schauen könnte, was bei mir los sei, denn ich hatte durch die Geschehnisse der letzten Wochen, das Gefühl, es wolle sich etwas Bahn brechen, an die Oberfläche kommen.

Etwa vier Wochen zuvor hatte ich an einem OM-Abend teilgenommen, eine spezielle Meditation, bei der uns gesagt worden war, wir würden ein Geschenk erhalten und sollten uns entscheiden, ob wir es annehmen wollten. Ich „sah" ein Lichtwesen, das mir einen Kasten, der hell leuchtete, überreichen wollte. Ich entschied mich es anzunehmen. Große Dankbarkeit erfüllte mich, obwohl ich keine Ahnung hatte, was dieses Geschenk war.

C. wies mich daraufhin, dass ihre Schamanin nur nach einem persönlichen Treff aus der Ferne „sehen" könne, sie hätte eher an sich selbst gedacht.

Nun tauschten wir einige Informationen aus.

Folgendes ist mir bekannt: Mein Urgroßvater mütterlicherseits besaß einen Teeklipper und fuhr nach China (Tee). Er geriet in einen Sturm und wurde als letzter gerettet, weil er sich an den Mast gebunden hatte, seine Hände waren nur noch Knochen , die Haut hatte sich abgescheuert. Auch sein Sohn kam in ähnliche Schwierigkeiten. In einer timeline -sitzung erfuhr ich, dass er (dessen Vater) wohl große Schuld auf sich geladen hatte, (aus meiner Sicht war Alkohol im Spiel, der auch meinen Onkel und später dessen Sohn, auch meinen Sohn, stark beeinflusst hat): Auf Vaters Seite (Urgroßvater) gab es eine Schlittschuhfabrik, die ein Arbeiter angezündet hat, mein Großvater hatte einen Spieß im Krieg, der ihn mit Sommeruniform in einer bitterkalten Nacht Wache schieben ließ, so dass dieser sich eine Lungenentzündung holte und arbeitsuntauglich wurde (er fing als kleiner Bote im Ministerium wieder an. Auf Mutters Seite hat es sehr unschöne Verwicklungen gegeben, eine großer Hotelbetrieb (meine Oma) wurde in den Ruin getrieben durch eine angeheiratete Frau, die ziemlich hässliche Dinge gemacht hat

Zum Beispiel hat sie die frisch gewaschene Hotelwäsche mit Kot beschmiert und ähnliches. Deren Sohn (mein Cousin) wurde quasi zum Verbrecher, seine Schwester ist auch nicht gerade ein Engel, hat es aber geschafft, ein halbwegs normales Leben zu führen.

Nun hat meine Schwester auch noch einen Enkel, der vom Down-Syndrom betroffen ist. Wenn ich ihn im Arm halte, scheint er keine Seele zu haben (?). Ich spüre nichts, als ob er eine Puppe wäre. Meine beiden Brüder sind durch "Unfälle" (ertrunken, überfahren) ums Leben gekommen.

Soviel zur bekannten Lebensgeschichte der Vorfahren.

Es soll vier Generationen zurückliegen, also noch eine Generation vor diesen Ereignissen, es soll über die ganze Familie gesprochen worden sein und "alle Nachkommen".

Ich würde gern den Frieden machen mit demjenigen, der den Fluch ausgesprochen hat, mich im Namen aller entschuldigen und hoffen, dass er die Entschuldigung annimmt. Es wäre auch für ihn besser, wenn er ins Licht gehen könnte, in Frieden.

Folgende Geschichte kam dabei heraus:

hier die Reise

Zuerst haben mich die Geister zu deinem "leeren Herz" geführt, sie haben mir eine Geschichte dazu gegeben. es war ein Streit zwischen 2 Stammeshäuptlingen, der eigentlich als Freundschaftskampf begonnen hatte, du warst einer davon, der andere hat dann erfahren während des Freundschaftskampfes mit Speeren, dass du seine Frau liebst und sie dich - er hat dich mit dem Speer getötet und damit auf dem Boden festgespießt Er hat dich verflucht, dass du nie wieder Glück, Freude und Liebe im Herzen erfahren sollst, die Liebe selbst soll fern von dir sein. mit dem hat er diesen Seelenteil damals von dir verbannt und er hat dir in jeder Inkarnation gefehlt, der machtvolle Herzens-seelenteil. zudem hat er dir noch deine Zunge herausgeschnitten und dein Sonnengeflecht. du warst nebst Stammesoberhaupt auch Heiler.

meine helfer haben dann den seelenteil genommen zunge und sonnengeflecht wieder "eingepflanzt" dich in baumrinde eingewickelt und zum fluss getragen, sie haben dich dann in den fluss gelegt zuerst mit den füssen gegen die flussrichtung und nachdem alles "vergangene" weggespült war, haben sie dich gedreht in flussrichtung, sodass du wieder in fluss kommen kannst, sie liessen dich auch in flussrichtung mitschwimmen, mittreiben, damit du das gefühl vom im fluss sein so richtig wahrnehmen kannst.

an der liebe ist nichts falsch gewesen, es war kein fehler von dir, du hast wegen deiner liebe wortwörtlich dein herz verloren bzw. dort lassen müssen.

Hier folgte die Anleitung zu einem Ritual, das die Auflösung herbeiführen sollte, das ich aber nicht weiter erläutern möchte.

Sie hat einmal eine Reise gemacht für meinen behinderten Neffen. Er kam zur Welt mit einem Down-Syndrom. Die ersten Jahre waren extrem anstrengend, auch weil er sich weigerte zu essen oder zu trinken. Dies geschah über einer Nasensonde. Bald darauf wollen die Ärzte Blutkrebs festgestellt haben. Es folgte Chemotherapie über eineinhalb Jahre.

Mit etwa vier Jahren weigerte er sich zu gehen, er krabbelte immer noch. Mit der ausdrücklichen Erlaubnis der Mutter behandelte ich ihn.

Am nächsten Tag richtete er sich zum ersten Mal auf, er begann sich an das Gehen zu gewöhnen.

Im folgenden Jahr war meine Nichte wieder in Deutschland. Inzwischen war der Besuch der Schamanin aus der Schweiz bei mir vorbei. Folgende Geschichte hatten ihr die Wesen mitgeteilt.

Es ist eine ganz helle Seele. Er war bei einem dunklen Zauberer gefangen, in einer Art Amphore, die jedoch zu klein für ihn war, so dass er den Nacken immer nach links halten musste. Der Magier hat ihm immer wieder Energie abgezapft, die sich jedoch immer wieder regenerierte. So war er lange Zeit gefangen und verlor praktisch seine Beweglichkeit, sowie seine geistigen Fähigkeiten.

Mit Hilfe der Wesen aus der Anderwelt gelang es ihr ihn zu befreien. Der Magier war gerade anderswo beschäftigt und sie mussten sich beeilen, da sie selbst gefangen genommen worden wäre, wenn er frühzeitig zurück war. Sie hatten es gerade geschafft, als er wieder auftauchte.

Während sie die Sitzung durchführte, bemerkte ich, dass sie ein wenig Angst bekam, konnte mir aber keinen Reim darauf machen. Sodann gab sie mir die Anweisung zu einem Ritual.

Dieses führte ich im Beisein der Mutter an meinem Neffen durch.

Nach wenigen Wochen berichtete sie mir, dass alle erstaunt gewesen waren, dass er so große Fortschritte gemacht hatte. Er begann zu sprechen und einfache Zusammenhänge zu begreifen.

Er war von Beginn an sehr willensstark, lässt sich aber heute wesentlich leichter handhaben. Er ist ein ungemein fröhlicher kleiner Kerl, wenn auch leicht zu kränken. Von Zeit zu Zeit kann man einen Hauch von Bosheit erkennen, was mich persönlich nicht wundert. Wenn man so lange Zeit von Bosheit umgeben ist, färbt das ab.

Solche Geschichten liest man zuweilen in Fantasy Büchern. Sie scheinen nicht real zu sein im Alltag. Und doch habe ich es persönlich erlebt.

Seit einiger Zeit engagiere ich mich in der Stiftung Auswege. Diese Gruppe kümmert sich um scheinbar unheilbare Kranke. Unheilbar heißt nur, dass die moderne Medizin keine Hilfe bietet. Die Camps, die veranstaltet werden, werden von Ärzten, Psychologen, und Heilern, auch aus der Ferne, begleitet. Sie dauern in der Regel zwei oder drei Wochen und die Erfolge sind spektakulär. Ob Hydrozephalus, Epilepsie, schwere Verhaltensstörungen, jahrzehnte langes Rheuma oder andere Erkrankungen, alle fühlen sich besser, die Beschwerden und Symptome gehen zurück.

Anna
Psychologin

Einige Zeit, nachdem ich wegen einer beruflichen Stellung nach Kiel umgezogen war, hatte ich Anna kennengelernt, die mit vierundvierzig noch ein Psychologie-Studium abgeschlossen hatte. Sie kam aus einem erzkatholischen Elternhaus, hatte dieses verlassen, geheiratet und schließlich ihr Studium begonnen. Wir waren uns im Esoterik-Laden begegnet und verbrachten danach viele viele Stunden miteinander. Sie war in den letzten Jahren von einem Indianer eingeweiht worden und so hatten wir sehr anregende Gespräche über Spirituelles. Da ich neu in der Stadt war, zeigte sie mir so allerhand, fuhr mit mir in ein Schloss, wo mich jemand während meiner Studentenzeit als Porträt einer Edeldame gesehen hatte. Ich hatte auf dem Porträt ein relativ weit ausgeschnittenes gelbes Ballkleid an. Ich erinnerte mich, dass ich genau so ein Kleid, wie der Student es beschrieben hatte, in jungen Jahren gekauft hatte. Das war allerdings lange Zeit, bevor er mir davon berichtete. Wir machten uns also auf die Suche, haben

„mich" aber leider nicht gefunden. Es war vermutlich das falsche Schloss. So verbrachten wir über ein Jahr miteinander. Wir fuhren auch zu einem „Familienstellen" zusammen. Es herrschte eine furchtbare Atmosphäre, es war irgendwie „Böses" im Raum. Ich war während der Sitzung in Trance gefallen und hatte meine Handflächen nach außen gekehrt, wie man eben das Böse abwehrt. Auf der Rückfahrt war Anna so schockiert über mein Verhalten, dass der Kontakt sofort abbrach. Wirklich verstanden habe ich ihre Reaktion bis heute nicht.

Bald darauf hatte ich eine kreative Phase, in der ich Gedichte schrieb, und Geschichten. Hier einige Kostproben.

Für Anna

Ein fröhliches Herz, ein beschwingter Gang,

Geh nicht immer auf Seelenfang,
Die Sorgen and'rer Leute, die machen dich nur
schwer,
und schließlich kommt dann keiner mehr.
Du wirst so schwer,
brauchst selber Trost.
Die Sorgen wurden ausgelost.
Die Lotterie der Sorgen,
die bringt dir gar nichts ein,
SEIN musst du, Mensch. Nur SEIN.

Der Laden

Ich kenn' einen Laden, nicht weit von hier,
da kann man sich was borgen.
And'rer Leute Sorgen!
Nimm sie mit und schau sie an, du kannst was
daraus lernen!
Doch leider lassen diese sich nur äußerst schwer
entfernen.
Wie Flecken auf dem weißen Kleid. Sie haften.
Wie Leid!

Und wenn du dann genügend hast, so schmeiß sie alle weg.
Zinsen musst wohl zahlen, aber der Rest ist Dreck.
Ich meide den Laden, so gut ich kann. Nur dann und wann...

Schlussbemerkung

Nachdem ich die ersten Wiederholungen, die ersten Muster, entdeckt hatte, verfolgte ich diesen Weg weiter. Immer wieder traten die selben Themen auf. Nachdem ich eine befriedigende Lösung, sprich Auflösung des Schmerzes durch Veränderung des gedanklichen Konzepts gefunden hatte, fiel das Thema nicht mehr auf. Da es nicht mehr mit Schmerz verbunden war, bemerkte ich es nicht mehr.

Es ist mühselig, jedes Thema auf diese Weise zu lösen. Aber es ist immerhin ein Anfang. Wollte ich jedes Thema auf diese Weise angehen, würde ich nie fertig werden, während ich schon wieder neue Themen erarbeitet hätte.

Bei den Rückführungen in frühere Leben stellte ich fest, dass es mir in diesem Leben nicht hilft zu wissen, dass ich Gladiator, oder Kaiserin Wu Zetian oder Zhao, die einzige offizielle Kaiserin Chinas,.war, oder als Hexe verbrannt wurde. Es hilft nicht den ewigen Konflikt zwischen meiner Schwester und mir zu verringern, wenn ich daran denke, dass sie mich in einem anderen Leben bei der Inquisition angezeigt hat.

Dauerhaft hilft es auch nicht, wenn körperlicher Schmerz vorübergehend durch Handauflegen beseitigt wird.

Eine kinesiologische Behandlung mit Farbbrillen hat viel ausgelöst, die Heilung eines Schmerzes ist mir nicht bewusst geworden.

Aber das ist in Mexiko, in Brasilien oder auf Bali auch nicht passiert. Ich habe wohl bemerkt, dass sich etwas verändert, dass ich manchmal, nach einer Behandlung einfach meine Ruhe wollte, um irgend etwas zu „verdauen". Ich könnte jedoch nicht sagen, was genau passiert ist. Alles zusammen, alle Etappen meines Weges jede „Behandlung" für sich, haben ihren Teil beigetragen, mein Gleichgewicht wieder her zu stellen. Die philosophischen Theorien, von Helena Blavatski bis zur Quantenphysik, haben alle kleine Puzzlesteine beigetragen, es mir ermöglicht, Gedankensex zu treiben, intellektuelle Argumentationen aufzubauen, um sie bei dem nächsten Ereignis wieder zu verwerfen.

Nachdem ich so viele Rollen angenommen habe, frage ich mich natürlich, wer ich eigentlich bin. Wo ist mein Ego, mein ureigenstes Selbst? Wie lebt es sich, wenn man aus ausgesuchten Ereignissen keine Geschichten webt, wenn man keine Prioritäten setzt, was wichtig ist und was nicht? Wie lebt es sich, wenn man erkennt, dass niemand die Schuld an Ereignissen trägt bzw. sich niemand findet, dem man die Lasten aufbürden kann? Wenn zwei schwarze Löcher kollidieren, fragen wir uns da auch, wer Schuld hat? Ist der Löwe „böse", weil er das Gnu-kalb frisst?

Im Buddhismus hört man immer wieder den Spruch: du musst dein Ego loswerden. Aber was , bitteschön, ist denn mein EGO?

Der Weg ist das Ziel? Also habe ich vor meiner Geburt beschlossen, genau dieses Leben zu führen? Und habe ich mein Ziel dann erreicht, wenn ich gestorben bin?

Du musst deine Lebensaufgabe finden. Und wo finde ich die? Wo soll ich suchen, woran erkenne ich sie? Und was mache ich, wenn ich sie gefunden habe?

Welchen Sinn hat das Leben? Muss es denn einen Sinn haben? Ist das etwas, das man für alle beantworten kann oder muss das jeder für sich festlegen?

Wie können die Sterne mein Leben beeinflussen? Vielleicht beeinflussen sie mein Leben gar nicht, sondern sie funktionieren nach den gleichen Prinzipien wie ich, daher kann ich vom Großen auf das Kleine schließen. Das Universum ist nun mal ein Hologramm. Und aus der Chaostheorie wissen wir, dass der Flügelschlag eines Schmetterlings an anderer Stelle einen Orkan auslösen kann.

Wie kann ein Mönch in Indien mir mein Leben erzählen, nur anhand einiger Zahlen? Weil wir alle nach den gleichen Prinzipien leben, das ganze Leben, das Universum ist schlicht Energie, die sich nach bestimmten Regeln bewegt.

Ich habe für mich selbst Antworten gefunden. Aber es sind meine Antworten. „Folge nicht den Spuren der Meister, suche, was sie gesucht haben." Es gibt immer mal wieder Menschen, die sich bemühen, ihre Antworten anderen aufzuzwingen. Das ist dann so, wie der Mond das Wasser bewegt – doch ist es dem Mond noch nie gelungen, die Erde zum Stillstand zu bringen oder das Wasser in den Weltraum zu schicken.

Die Natur selbst reinigt sich von Zeit zu Zeit. Wenn das alte Zeug überhand nimmt, muss es weg und Platz machen für etwas Neues.

An dem Punkt stehen wir gerade. Ein neues Zeitalter, ein neuer Versuch, eine neue Schöpfung, die sich auflöst und manifestiert, und auflöst und manifestiert. Dies geschieht alle 25000 Jahre, wie die Inder schon vor zig-tausenden von Jahren entdeckt haben. Und ich bin gespannt, neugierig auf das, was kommen mag. Sowohl für mich selbst, als auch für die Welt.

So, don't worry, be happy.